PETER SCHWARZ

EUCH AUFGESETZT

novum pro

www.novumverlag.com

Bibliografische Information
der Deutschen Nationalbibliothek:

Die Deutsche Nationalbibliothek
verzeichnet diese Publikation in
der Deutschen Nationalbibliografie.
Detaillierte bibliografische Daten
sind im Internet über
http://www.d-nb.de abrufbar.

Alle Rechte der Verbreitung,
auch durch Film, Funk und Fernsehen,
fotomechanische Wiedergabe,
Tonträger, elektronische Datenträger
und auszugsweisen Nachdruck,
sind vorbehalten.

© 2021 novum Verlag

ISBN 978-3-99107-672-8
Lektorat: Laura Oberdorfer
Umschlagfoto: Peter Schwarz
Umschlaggestaltung, Layout & Satz:
novum Verlag

Gedruckt in der Europäischen Union
auf umweltfreundlichem, chlor- und
säurefrei gebleichtem Papier.

www.novumverlag.com

Der Teufel hat nur wenig Zeit? Na, so wie es aussieht hat er eine Menge Zeit. Es ist daher wichtig sich in Geduld zu üben und sich die Lust am Leben nicht von der Zeit trüben zu lassen. Viele können sich diesen Vorzug jedoch aus gewichtigen Gründen nicht leisten. Viele Nächte habe ich die gleiche Art von Traum. Ich träume, Berater eines berüchtigten Diktators zu sein, ihm Ratschläge zu geben, ohne ihm dabei zu nahe zu treten, oder ihn in einem schlechten Licht erscheinen zu lassen und über seine grottenschlechten Witze zu lachen, die er mit einem breiten Grinsen reißt. Ich wache immer dann auf, wenn mir bei seinem Anblick die Mimik einfriert oder ich verlegen zu Boden schaue, und ich ihm eigentlich nichts mehr zu sagen habe. Und er dann mit einer kleinen Gebärde, die Wächter anweist, mich abzuführen. Der besagte Diktator, den ich sicherheitshalber lieber nicht beim Namen nenne, beschäftigt mich tagsüber gar nicht. Man hört in den Nachrichten zwar oft von ihm, aber die unmittelbaren, alltäglichen Dinge, sind wichtiger als Radio, Fernseher oder Computer und das vermeintliche Weltbild, was man daraus zu erhalten glaubt. Ich zähle sogar neben Licht in der Nacht auch das Handy zum Blendwerk der Moderne. Wenn man telefoniert, ist man meistens mutterseelenallein. Man will das immer kaschieren, indem man länger und immer länger telefoniert. Man hat nie das Gefühl genug gesagt zu haben. Ich telefoniere von Zeit zu Zeit mit meinem Kumpel Igor. Ich halte mich dann immer möglichst kurz und erwähne besagten Diktator, von dem ich so oft träume, nicht. Zumal ich das Gefühl habe, abgehört zu werden. Die Tage im Dämmerzustand fliegen dahin. Der Morgen ist mir die liebste Tageszeit. Man kann dann immer das Gestern gegen das Heute wiegen. Den Blick auf das Kommende gerichtet, schrumpfen die Schatten der Vergangenheit. Ich brauche mir gar nicht erst die Unendlichkeit vorzustellen, um mein Vorstellungsvermögen zu sprengen. Es reicht die Anzahl der Möglichkeiten, ein tausendseitiges Buch zu füllen. Vor meiner letzten Einweisung wusste ich, dass sie bald wieder kommen würden. Wären Gedanken etwas Reales, hätte ich Antimaterie absondern müssen. Das Blut gefror mir in den Adern. Ich hielt an Prinzipien fest. Allen voran meinem letzten Versuch, diesem Haufen hochtechnologisierter Raubaffen Vertrauen zu schenken. Ich war cholerisch.

Ich dachte, ich könnte mein Umfeld wie ein Zitteraal unter Strom setzen. Dachte ich könnte das schwarze Etwas, das auf mir saß, anderen aufsetzen. Mein Urin ist Sondermüll, der kommt ins Grundwasser, dann in den See, dann in den Fisch, der landet dann auf einem Silbertablett mit Blattgold garniert vor den Pharmakonzernbossen. Mahlzeit.

1.

Ein schöner Samstagmorgen. Der Himmel war blau und klar. Um geschätzte siebenmal weniger Flugverkehr als üblich. Ich lag im Bett und träumte einen Traum, an den ich mich nicht mehr richtig erinnern kann. Ich war in einem Einkaufszentrum, nein, es war ein Krankenhaus. Das Ambiente war eher wie in einer Raumstation, eng und beklemmend. Szenenwechsel. Ich lag in einem Bett in der geschlossenen Abteilung. Ich versuchte zu schlafen, es ging aber nicht. Als ich träumte, nicht nur zu träumen, bekam ich Klaustrophobie und wollte raus. Woraufhin der Boden unter mir zerbrach und das Wasser eines Ozeans das Zimmer flutete. Ich wachte auf. Der Wecker meines Handys war aus. Dennoch glaubte ich, ihn gehört zu haben. So geht es einem, wenn man sich nachts darüber den Kopf zerbricht, wie wohl der nächste Arbeitstag in der Lagerhalle aussehen würde. Und schließlich um 4 Uhr morgens anfing, die Stunden zu zählen, bis man schlaflos im Morgenlicht fast einnickte, aber wusste, dass man nicht schlafen durfte. Weil man ansonsten, im tiefen Schlummer, den Wecker nicht mehr hören würde. Also trinkt man Kaffee und macht sich am besten ein nahrhaftes Frühstück, um weitere 12 Stunden einen ausreichend klaren Kopf zu bewahren, damit man LKW-Ladungen von Kartons entgegen nehmen, die Ware sortieren und registrieren und die leeren Kartons wieder entsorgen konnte. Als ich am Donnerstag heimkam, war ich 36 Stunden wach gewesen. Und schlief dann von 18 Uhr abends, bis 7 Uhr Freitag morgens. Gestern ging mir alles leichter von der Hand. Doch nun war es Samstagmorgen und ich schaute nicht auf die Uhr. Ich rappelte mich auf, machte einige Schritte in die Küche und kippte in einem Zug den gezuckerten, schwarzen, kalten Kaffee vom Vortag runter. Unmittelbar danach zündete ich mir eine angeblich Zusatzstoff-freie Zigarette an. Der Puls sank, Dopamin wurde freigesetzt und die morgendliche Frische verflog. Meine Erlebniswelt glich in solchen Momenten Salvador Dalís Bildern. Nikotin führt zu einem rein mechanischen Denken. Das Haben wird zum Sein. Und ich kam mir vor, wie Dalís Schubladenmann. Der sein Angesicht, geblendet vom Licht der Welt, abwendet und wohl hofft, dass niemand ihm sein Innerstes von seinen Schubladen entwendet, und zum Besitz der Welt, im Gegensatz stehend zu seinem eigenen Besitz, macht. Doch ich war bereits von der Welt besessen. War besessen von der Angst, wieder zur Laborratte zu werden. Irgendwann, so hoffte ich insgeheim, würde ich sie alle los sein. Diese Herzparasiten in weißen Kitteln, die so taten, als würden sie sich um mich kümmern, und sich einredeten, sie hätten einen sinnvollen Beruf. Dieses ganze abgefuckte, moderne Kunstwerk würde zerbrechen und ich würde frei sein. Würde meine Tabs nicht mehr nehmen und endlich verrückt sein können, verrückt sein dürfen. Das Handy läutete und riss mich aus den Gedanken.

Es war Igor. Ein Blick auf den Screen verriet mir die Uhrzeit. 09:23 Uhr. Ich hob ab.

„Morgen Alex."

„Hallo Igor, schon so früh munter?"

Igor war arbeitslos und stand für gewöhnlich erst um 12 Uhr auf. Ich lernte ihn damals auf der offenen Station kennen.

„Ja, es geht mir das erste Mal seit langem wieder gut, ich bin jetzt mit Tanja zusammen."

„Ich hab doch gesagt, dass daraus was wird."

Tanja hing bis vor kurzem an der Nadel, aber zog ihren kalten Entzug entschlossen durch. Igor und ich waren keine großen Aufreißer, und ich sagte ihm immer, dass er nicht auf die perfekte Frau zu warten brauchte. Aber nun freute es mich für ihn, dass er sogar eine gefunden hatte, die stark genug war, dem Heroin zu entsagen.

„Das muss gefeiert werden!", meinte Igor.

„Jaja", sagte ich. „ Ich darf nur eben nicht so viel trinken, du weißt schon, Tabletten."

„Ach was! Ein paar Gläschen werden dir nicht schaden, und wenn's mehr wird, nimmst du sie eben einmal nicht."

Klang überzeugend. Es ödete mich an, immer im gleichen Trott, das mir vorgesetzte Gift zu nehmen. Einmal auf den Reset-Knopf zu drücken, konnte ja nicht schaden. In Vino est Veritas.

„Abgemacht, wann und wo treffen wir uns?"

„Bei mir zuhause, ich hol dich um 17 Uhr ab."

Wir verabschiedeten uns. Ich dachte nach, wie der heutige Tag wohl enden würde.

Allzu viel würde ich wohl nicht trinken. Der Gedanke, die Tabletten einmal auszulassen, war sehr verlockend. Bis der Spiegel zu niedrig wäre, um bei klarem Verstand zu bleiben, würde es dreier Tage Abstinenz bedürfen. Aber auf diese wahnwitzige Idee würde ich wohl nie mehr kommen. Mein Psychiater würde es merken. Einen Zombie, der wieder Mensch wird, erkennt man schon vom weiten. Einer der auf LSD ist, kann ja auch nicht verhelen wie er drauf ist. Den Trip, den man hat, wenn man eine Absetzpsychose bekommt, kann man mit nichts vergleichen. Der Herr Doktor würde es merken und man würde mich im Krankenhaus so sehr mit Haloperidol vollstopfen, bis ich mit meinem pathetischen, sedierten Verstand so mündig wie ein Vierjähriger wäre, und mich nicht mehr zu artikulieren wüsste. So ist die postapokalyptische Moderne. Wo immer auch Potential aufkeimt, wird es zertreten. Ich ging ins Bad, rasierte mich, putzte mir die Zähne und zog mir Hemd und Hose an. Wenn ich an einem freien Tag Gesellschaft erwartete, und sonst nichts zu tun hatte, wartete ich einfach nur. Auf der Couch liegend betrachtete ich, wie der Rauch meiner Zigarette und Staubflusen in der Luft schwebten. Ich war Meister darin. Um 12 Uhr ertönte die Sirene, Autos fuhren vor meinem Fenster vorbei. Die Vorfreude ist bekanntlich die schönste Freude. Um 17 Uhr abends klopfte es an der Tür. Ich öffnete. Es waren Igor und Andi. Igor und Andi lernten sich bei einem ihrer zahlreichen Psychatrieaufenthalte kennen.

Damals waren sie beide drin, weil man Igor in letzter Sekunde von seinem Strick geholt und Andi seinem Küchenchef das Nasenbein gebrochen hatte. Andi war wie ein verschlossenes Buch. Er hatte ein markantes Gesicht, auf dem immer sein neutraler Ausdruck lag. Igor war ein Saubermann und es dauerte nicht lange, bis er anmerkte „Wie sieht's denn bei dir schon wieder aus? Räumst du denn nie auf? Was für ein Chaos."

Tatsächlich waren ein vollgeräumter Tisch und ein Teller mit Besteck in der Abwasch, für mich zwar ein klitzekleiner Makel, der behoben werden sollte, aber noch lang kein Grund für eine derartige Begrüßung.

„Es ist *mein* Chaos wenn du es so nennen willst, aber erstmal hineinspaziert und hallo. Andi, rauchen wir doch zuerst noch eine und fahren dann los."

„Hier drin ist die Luft eh schon wie in einer Selchkammer", bemerkte Igor. „Jaja, die Ex-Raucher und ihre feinen Nasen." Andi lachte knapp und kramte eine Zigarette der Marke R.I.P aus einer zerknitterten Packung. „Rauchst du noch immer dieses mit Gift und Aromastoffen versetzte Zeug?", sagte ich, als ich mir eine Apache anzündete. „Die hier schmecken nach Schokolade, kannst ja dann mal eine probieren", bot mir Andi an. „Ich", warf Igor ein, „habe 10 Jahre lang geraucht und wenn man will, ist es ein Klacks aufzuhören." „Du hast ja auch nicht mit 12 Jahren angefangen", entgegnete ich, „außerdem kenne ich vom Hören-Sagen die Behauptung, dass Nikotin Parkinson vorbeugen soll. Was mir bei einem Jahr Haloperidol und weiß der Teufel wie viel noch verbleibenden Jahren Olanzapin ja nur recht sein kann."

Igor schüttelte den Kopf und seufzte. „Sei froh, dass es heutzutage Medikamente gegen Schizophrenie gibt und sei nicht immer so skeptisch." „Jedem das seine", meinte ich nur. Sollte ich nicht den Versuchstieren dankbar sein? Den sogenannten Ballastexistenzen, die im 20 Jahrhundert in Laboren gräulich verendet sind? Vielmehr dankte ich Gott, dass es mir verhältnismäßig um einiges besser erging. Aber ich hatte heute nicht vor großartig zu debattieren. Menschen sind und bleiben nun mal verschieden. Andi und ich machten die Zigaretten aus. Wir gingen zum Parkplatz ins Freie. Dort stand im Abendlicht Igors VW Käfer. Er hatte ein 1000-Watt-Sound-System samt Subwoofer. Die Leute glotzten uns nach, als wir mit der absurdesten und lautesten Musik von Shostakovich Richtung Supermarkt fuhren. Igor pfiff vergnügt mit, was man jedoch unmöglich hören konnte. Im Laden angekommen, kaufte ich mir zwei Flaschen Apfelmost. „Was anderes trinke ich nicht", sagte ich. Andi kaufte für sich und Igor eine Flasche Wodka. Dann fuhren wir zu Igors Wohnung am Rande der Stadt. Es war halb sechs als wir ankamen. Die Wohnung lag im siebten Stockwerk. Es gab keinen Lift, also stapften wir die Treppen hoch. Oben angekommen standen wir dann vor der Tür, auf der ein kleines Bild angebracht war. Es zeigte Igor mit seinem Zier-Samurai-Katana in der Hand und darunter stand „Hier wache ich". Er hielt sich für einen Künstler. Er sperrte die Tür auf und wir betraten seine fein säuberlich aufgeräumte Wohnung. Andi zog eine Zigarette hervor und wollte sie anzünden. „Denk nicht mal dran", fauchte Igor ihn an. „Man kann in Zeiten wie diesen nicht einmal mehr in Lokalen rauchen und jetzt auch nicht mehr bei Freunden?" „Geh auf den Balkon." „Deine Lunge dankt's dir, komm Alex." Am Balkon konnten wir sehen wie Igor drinnen den Tisch abwischte und drei Gläser, dazu eine Flasche Bitterlemon für den Wodka, herrichtete. Ich griff fest an das Geländer, senkte zaghaft den Kopf und blickte runter. Andi rauchte entspannt. „Schöne Aussicht", bemerkte er. Ich riss meinen Blick weg vom Abgrund und setzte mich auf einen Stuhl. Andi erriet mich sofort. „Ich verstehe nicht, was für manche Leute daran so schlimm ist, in der Höhe zu sein", sagte er.

„Es ist nicht wirklich Angst", meinte ich. „Vielmehr ist es die Betrachtung eines Verbots und es drängt sich die Frage auf, was wohl wäre, wenn …" „… Wenn du dich hinunterstürztest?" „Ja." „Du würdest Sekunden, die dir vermutlich sehr lang erscheinen würden, fallen, dir ziemlich dumm vorkommen, auf dem Beton wie eine Wasserbombe zerplatzen und vermutlich keine Antwort auf deine Frage erhalten." „Wer weiß, wer weiß, lassen wir das." Die Sonne neigte sich schon und es war Vollmond. Wir gingen rein und setzten uns zu Igor auf die Couch. Ich füllte mein Glas mit Most, 0,5 Liter versteht sich. Sie tranken ihren Wodka-Bitterlemon. „Auf Igor und seine Tanja!", johlte Andi feierlich in seiner Vorsauf-Freude „Jaja, Prost, und sauf mir nicht alles weg."

„Wie lange ist sie denn jetzt schon clean?"
„Zwei Wochen und drei Tage. Sie hat aber erst nächstes Wochenende wieder Zeit, sich zu treffen. Sie ist nämlich seit gestern in Italien mit ihren Eltern und ihrem Bruder."
„Was arbeitet sie?", fragte Andi weiter.
„Sie studiert Psychologie, Geld kriegt sie von ihren Eltern, die sind recht wohlhabend."
„Pah! Psychologie. Eine Erscheinung der verkackten Neuzeit, wenn du mich fragst."
„Es interessiert sie eben, was ist daran so falsch?"
„Pauschal erstmal gar nichts. Die klinische Psychologie orientiert sich halt hauptsächlich an einer schwanzgesteuerten Koksnase des 20. Jahrhunderts. Und schau dir doch an was für bescheuerte ‚Therapiemethoden' die haben. Weißt du denn nicht mehr damals? Malen mit Zahlen, Mandalas, dieses hirnrissige Brainstorming mit Tiernamen."
„Darum geht es im Studium der Psychologie doch kaum bis gar nicht."
„Ach, was du nicht sagst, und worum geht es denn dann dabei?"
Igor grübelte einen Augenblick.
„Es geht … Es geht darum andere und sich, besser zu verstehen. Sie will ja auch nicht im Irrenhaus arbeiten, sondern Gesprächstherapeutin mit eigener Praxis werden. Sie hat ja gute Voraussetzungen dafür."
Andi verkniff sich seine Antwort: „Ja, reiche Eltern und einen Dachschaden." Er hatte wieder seinen undeutbaren Gesichtsausdruck aufgesetzt und kippte seinen Wodka herunter. Man sagt Österreich sei ein Land glücklicher Alkoholiker. Ich schenkte mir das zweite Glas Most ein. Igor und Andi unterhielten sich über Fußball. Schade, dass ich mich dafür nie begeistert habe. Andi machte mit seinem Wissen über Fußball rund 30 % Gewinn beim Wetten. Aber für ihn war es auch schon ohne Einsatz immer spannend gewesen. Ich trank mein Glas aus, ging auf den Balkon und zündete mir eine weitere Apache an. Auf den Packungen waren seit einem Jahr diese Schockbilder drauf, die das Sammlerherz höher schlagen ließen. Seitdem stand dort auch

keine Anmerkung mehr darüber, dass diese Zigaretten Zusatzstoff-frei wären. Was in Zigaretten alles drin ist, steht sowieso nicht auf der Packung. Aber was man nicht weiß, macht einen nicht heiß. Andi kam mit rotem Gesicht raus, und zündete sich solidarisch eine R.I.P an. „Weißt du gar nicht, was du da für ein Gift rauchst?" „Man soll sein Leben in vollen Zügen genießen." „In vollen Zügen ist gottseidank Rauchverbot. Allein schon wie die Dinger aussehen. Schwarz angemalt. Igitt!" „Jedem das seine", sagte er, während er an irgendwas anderes dachte. Mein Handy läutete. Es war meine Mutter.

„Hallo Mama, was gibt's?" „Hallo Alex! Wollt nur mal hören, wie's dir geht." „Ich bin gerade bei einem Freund zu Besuch, es geht mir einigermaßen gut."

„Das freut mich zu hören. Freut mich, dass du vernünftige Freunde und endlich wieder eine Arbeit hast und vor allem, dass du deine Medikamente nimmst." „Ja." „Und wie geht's dir in der Arbeit?" „Ganz gut." „Isst du denn auch wohl immer gesund? Wer hart arbeitet, muss sich auch gut ernähren." „Ja, mach dir da keine Gedanken, ich ernähr' mich gesund." „Und du trinkst auch wohl nicht zu viel mit deinen Freunden?" „Nein nein … du, Mama, ich will jetzt nicht allzu lang telefonieren. Gibt's sonst noch irgendwas?" „Nein wollt nur mal von dir hören." „Also dann, tschüs!"

„Alles Gute, tschüs!"

Meine Mutter rief mich selten an, ich sie noch seltener. Je wichtiger mir Menschen waren, desto kürzer hielt ich die Telefonate mit ihnen, warum ist eine psychologische Frage, aber wozu gibt es schließlich Psychologen. Wieder auf Igors Couch schenkte ich mir das dritte und vierte und fünfte Glas ein. „Wird wohl nichts mit den Tabletten heute", dachte ich. Natürlich hatte ich, ohne es mir einzugestehen, ohnehin den ganzen Tag geplant, dass ich sie heute nicht nehmen würde. Es wurde 20 Uhr und ich schenkte mir das sechste Glas ein. Die warme Heiterkeit hatte sich schon längst in Melancholie gewandelt. Wir saßen schweigend auf der Couch und tranken immer langsamer. „Zeit für etwas passende Musik", meinte Igor. Und er legte eine

Schallplatte in den Plattenspieler. Es war die Mondscheinsonate. Immer noch besser als die schöne neue Weltmusik, die sie immer im Radio spielten. Ich nickte ein. Ich schlief mit einer vom Alkohol und Zigaretten zwar getrübten, aber dennoch authentischeren Frische als sonst.

2.

Sonntagmorgen. Andi und Igor schnarchten vor sich hin. Der Schallplattenspieler war auf Repeat geschaltet und so wachte ich pünktlich zu einem weiteren Beginn der Mondscheinsonate auf.

Draußen regnete es. Ich stand auf, schaltete die Musik ab, ging auf den Balkon und zündete mir eine Zigarette an. Ich blickte noch einmal den Abgrund, der sich vorm Balkon auftat, hinunter, riss meinen Blick weg und setzte mich hin. Freitage waren besser als Sonntage. Ich musste mich an diesem Tag schonen, wollte ich montagmorgens fit sein. Ich war seltsamerweise gar nicht richtig verkatert, aber fühlte mich, wie wohl ein Astronaut sich fühlen musste, wenn er nach einiger Zeit in Schwerelosigkeit wieder auf der Erde war. Ich fühlte mich echter. Wenn auch der Alkohol trügerisch war, so war er immerhin doch noch ehrlicher als die meisten Neuroleptika, welche nur bewirken, dass der Botenstoffwechsel im Körper „reguliert" wird. Das eigene Leben wird immer dickflüssiger, bis es irgendwann ausgehärtet ist und man den Glückseligen nur noch eine gute Reise durch den Fluss des Lebens wünschen kann, auf dessen Grund man selbst wie ein Stein sinkt und ertrinkt. Ich dachte über den Tod nach und über die Art meiner Bestattung. Hoffentlich würde man mich, wie ich es mir wünschte, im Mariannengraben versenken. Keinesfalls verbrennen oder verscharren. Sondern mich dem weiten, tiefen, reinen Ozean übergeben. Aber vermutlich spielte das dann auch keine Rolle mehr. Tot ist tot. Ich erinnere mich nicht was davor war, wie sollte ich mir vorstellen was danach kommen würde. Ich drückte die Zigarette im Aschenbecher aus. Als ich wieder reinkam, öffnete Andi die Augen. „Au, mein Kopf." „Dein Kopf würd' mir auch wehtun", sagte Igor mit noch geschlossenen Augen daliegend. „Und, gut geschlafen, schön geträumt?", fragte ich. „Ja", sagte Andi. „Von einer überdimensionalen Super-Mario-Figur, die zu krächzendem Gameboy-Gedudel auf und ab sprang." „Da kenn ich schlimmeres", meinte ich. Igor raffte sich auf und streckte sich. „Uahrg, Morgen miteinander. Ist noch Wodka da?" „Gerade noch genug gegen die Kopfschmerzen", sagte Andi und schenkte sich reichlich ein. Mein Apfelmost war aufgebraucht, aber das war auch gut so. Ich hätte mich gerne noch weiter gehen lassen, aber ich beschloss mich auf den Heimweg zu machen. Ich verabschiedete mich. Igor bot mir an, mich nachhause zu fahren, aber ich lehnte ab, nicht zuletzt weil ich Bewegung brauchte. Ich polterte die Treppen runter und eine alte Stimme rief laut: „Ruhe!". Aber da war ich sowieso fast schon unten. Ich setzte meine Kapuze auf und ging Richtung Bahnhof, hinter dem meine Wohnung auf mich wartete. Für einen Sonntag war auffällig viel Verkehr, vermutlich ist man aus dem ganzen Land hergekommen, um das Konzert irgend so einer neuen Boyband zu besuchen. Wie hießen die noch gleich? Ich sah mich am Weg nach ihren Plakaten um. Aber sah nichts was mir mehr ins Auge stach als eine McRonalds-Werbung mit einem Huhn und der Aufschrift „Bock, Bock, Bock drauf!". Mir knurrte der Magen und ich legte einen Zahn zu, um mir endlich Zuhause etwas kochen zu können. Die Wolken verdichteten sich und der Regen wurde heftiger, um mich kurz vor meiner Ankunft nochmal richtig zu durchnässen. Ich sperrte die Wohnungstür auf, schloss sie hinter mir und zog mir frisches Gewand an. Ich briet mir Garnelen in Olivenöl und würzte sie mit Knoblauchgranulat. Das Essen schmeckte mir gut und gab mir wieder Energie. Ich fühlte mich lebendig, allzu lebendig. Es war seltsam sein inneres Gesicht wieder zu sehen und mit einem Blick in den Spiegel festzustellen, dass dessen Abglanz nur eine Belanglosigkeit war. Plötzlich spielte das Archiv sorgsam eingeteilter Verhaltensmuster, Sorgen und Kalküle zwischenmenschlicher Belange eine immer geringere Rolle und zum Vorschein kam das, was man gemeinhin als Seele bezeichnet. Das Eis begann langsam zu tauen und floss Richtung Ozean. Die Ketten im Kopf lösten sich. Konnte es wirklich sein, dass ich 2 Jahre lang alles Wesentliche ignoriert hatte? Doch ich hatte keine Wahl, genau so wenig wie ich Macht über die Gesichte und Gesichter, Eindrücke und Erinnerungen hatte, die in langen Warteschlangen vor meinem Kopf auf Einlass warteten. Seelenfragmente, die ich erbarmungslos ausgesperrt und Druck, den ich eingesperrt hatte, gerieten aneinander. Ein Leben lang zu vergessen, nur um kompatibel zu sein und am Ende ein sinnentleertes Leben in einem Pflegeheim? Nein, auf diese Art nicht. Ich nahm die Nagelfeile, die mir meine Mutter geschenkt hatte und die bisher nur nutzlos herumgelegen war und feilte an einer meiner Tabletten ein Stück weg. Dann nahm ich ein Lineal. Genau ein Millimeter weniger. Würde man sie so schnell absetzen, wie die Ärzte es in nicht seltenen Fällen taten, würden einem starke Halluzinationen und Dyskinesien nicht erspart bleiben. Deswegen war ich vorsichtig. Denn es würde heißen, dass man mich vor mir selbst schützen müsste und mir wäre nicht anders zu helfen, als mich wegzusperren. Sie hatten schon immer die Falschen als minderwertig bezeichnet, sie von der Gesellschaft abgesondert oder sogar kastriert, in der Hoffnung ihr makelloses Volk zu züchten. Für sie war ich nur ein nutzloser Esser. Doch diesmal würden sie mich nicht kriegen. Ein Millimeter weniger pro Monat und es musste einfach funktionieren. Aber eins nach dem anderen, mit zu viel Träumerei fing bei mir immer jedes so tückische Pathos an, mit dem ich meinem Psychiater besser nicht vor die Augen träte. Am Mittwoch musste ich wieder zu ihm. Er erkundigte sich immer genauestens nach meinem Zustand. Wenn auch nur sehr kurz, denn obwohl es in meiner Stadt mehr Psychiater als Zahnärzte gab, war seine Praxis immer pump voll. Kein Wunder bei einem Umfeld, das sich nicht um Raum und Zeit, Tag und Nacht, Anfang und Ende scherte. Kompromisse eingehen, hieß nicht selten die These zu sein, die durch die Antithese zu etwas Synthetischem wird. Ja, wer konnte schon ahnen, in welche Richtung die ganze synthetische Welt steuerte. Alles voller Plastik und anderen auf Erdöl basierenden Stoffen. Es war ein Kompromiss, dass ich seit Jahren Olanzapin nahm. Man probierte schon alles Mögliche an mir aus, als wäre ich ein lebendes Reagenzglas. Levomepromazin, Haloperidol und anderes Zeug.

Doch das Schlimmste war Amilsulprid. Ich erinnere mich noch, als ich bei meiner ersten Einweisung Amilsulprid bekam. 2 Monate schlief ich nicht mal 20% der Nacht oder konnte zumindest nicht empfinden zu schlafen. Es ging mir so elend, wie noch nie zuvor, doch vor lauter Benzodiazepinen grinste ich ununterbrochen, was offensichtlich einen guten Eindruck machte. Ich wurde entlassen und setzte schlagartig wieder alles ab, was zu sehr real erscheinenden Halluzinationen führte. So ging es noch einige Jahre weiter. Einweisung, Entlassung, Psychose und das fünfmal. Und die Jahre vergingen. Als ich mich schließlich damit abfand, war ich auch „krankheitseinsichtig". Ob ich je vor meiner ersten „Behandlung" wirklich krank war, daran konnte ich mich nicht erinnern. Um mir meine Seele wieder zu holen, brauchte ich Geduld. Morgen in der Arbeit würde ich auf andere Gedanken kommen. Ich legte mich hin und wartete bis 20 Uhr, nahm meine Tabletten und wurde müde, todmüde. Des Todes müde.

3.

Der Wecker meines antiken Handys klingelte, und weckte mich aus einem ohnehin unangenehmen und konfusen Traum. Es war halb 7, um halb 8 war Schichtbeginn. Mit kaltem Wasser bereitete ich mir einen Löskaffee zu. Ich wartete, meinen bitteren, kalten Kaffee trinkend und versuchte, wach zu werden, doch das gelang mir nicht so recht. Dann zog ich mich an, und machte mich auf den Weg ins Industriegebiet, das im Süden der Stadt lag. In letzter Zeit steckte ich mir wieder die Ohrenstöpsel meines 1 GB-MP3-Players in die Ohren, wenn ich zur Arbeit ging. Ich hörte ein älteres Lied, denn die Texte in der Musik von heutzutage ergaben selten Sinn. Doch diese zwei Sätze, die gleich zu Beginn des Liedes kamen, sagten mir mehr als tausend Worte und ich summte es mit: „Some people tell me that I need help? Some people can fuck off and go to hell!". Ich war noch so schläfrig und in Gedanken versunken, dass ich mit meinem gesenkten, leeren Kopf unversehens an einer Straßenlaterne anstieß. Ein Polizist sah mich skeptisch an und eine Gruppe Schüler lachte mich aus. Ich zog die Ohrenstöpsel raus und wurde allmählich wach. Die Morgenluft roch anders als gestern, der Himmel war diesig und babyblau, der Verkehr laut. Früher gab es Dinosaurier, heute gibt es LKWs. Ich erreichte meinen Arbeitsplatz pünktlich. Es war eine Schuhlagerhalle. Die Kollegen standen vor der Tür und aßen ihr Frühstück und tranken dazu ihr Big Black Bull. Ich ging rein und meldete mich beim Chef. Dann drückte ich mir beim Automaten einen heißen Blutorangentee raus, schlürfte ihn langsam und wartete auf den Signalton. Als dieser dann ertönte ging's los. Ein Lastwagen stand schon in der Ladezone, mit einer Lieferung aus Russland. Der Fahrer überreichte einem Kollegen den Lieferschein. Es waren Kartons, um die zehn Kilo schwer, in denen sich Turnschuhe in verschiedenen Größen befanden. Die Kartons mussten entladen, geöffnet und entsorgt werden. Die in ihnen enthaltenen Schuhschachteln mussten eingescannt und im Lager an ihren Plätzen einsortiert werden. Die Mitarbeiter waren geschwätzig und redeten über Gott und die Welt. Manchmal quatschten sie auch mich voll. Aus einem Minimum an Höflichkeit heraus erwiderte ich immer mit einem „Aha", „M-Hm" und „Weiß nicht" ihr unaufhörliches Gerede, aber das war schon reine Routine. Einer namens Daniel fragte mich: „Hey Lexe, was heißt Lagerregal auf rückwärts?" „Ich habe gerade anderes zu tun, als mir den Kopf über sowas zu zerbrechen, laber mich nicht immer so voll." „Na, ist doch ganz einfach! Lagerregal!" Er fand das so lustig, dass er lachen musste und erzählte diesen „Witz" im Laufe des Tages allen anderen. „So glücklich wie der werde ich wohl nie sein." sagte ich mir. In der Mittagspause lechzten die Arbeiter schon nach ihren Zigaretten und rauchten sie die volle halbe Stunde eine nach der anderen. Danach ertönte das Signal, und sie kippten ihre Big Black Bull auf Ex runter. Es war nicht mehr viel zu tun, und so wurde ich eingeteilt, die Böden zu kehren. Ein bekannter Blondinenwitz fiel mir dabei ein: „Was macht eine Blondine mit einem Besen in der Wüste?" Ich kehrte und kehrte bis es halb 5 war. Feierabend. Ich trat aus dem Zwielicht der Neonröhren, die das einzige Licht in der Lagerhalle waren – keine Ahnung warum es keine Fenster gab – und kam ins Freie, wo die Sonne tröstlich schien, bis sie von ein paar Flugzeugen verschleiert wurde. Alles hinter mir lassend, ging ich schnellen Fußes nach Hause. Wohnungstür auf, Wohnungstür zu, abgesperrt, ab auf's Sofa und einmal tief durchgeatmet. Als ich erstmal wieder richtig angekommen war, schien mir der ganze Arbeitstag wie ein Traum. Ernsthaft, er war nicht echt. Im Hier und Jetzt lag ich auf meiner Couch, davor war ich woanders. Ich lebte in drei verschiedenen Welten: Schicht, Feierabend, Schlafenszeit. Mit künstlich durcheinandergebrachten Botenstoff-Werten bemüht man sich umso härter normal zu sein. These plus Antithese gleich Synthese, das war meine künstliche Welt. „Was soll's", dachte ich, und schaltete das erste Mal seit Wochen resigniert den Fernseher ein. Es lief eine Kochsendung, Pornographie für den Gaumen. Er zerhackte Petersilie und Knoblauch, briet Zwiebeln, und kochte Kartoffeln als Beilage. Dann schmeckte er die Soße ab. Er gab auch der fotogenen, blonden Dame neben sich eine Kostprobe. Es sah wirklich appetitlich aus. Dann zog er einen Kochtopf hervor, den er schon einmal vorbereitet hatte, und kramte sonderbares Fleisch daraus hervor. Er garnierte alles mit Petersilie, Knoblauch und gebratenen Zwiebeln und sagte „Voilá! So macht man die besten Stierhoden. Wir wünschen ihnen noch gutes Gelingen und einen guten Appetit." Ich schaltete schnell um. Auf Vida-Musica sah ich mir ein Lied an und zappte weiter. Bei Family-Dude blieb ich hängen „So wie damals als ich John F. Kennedy erschossen habe". Ich schaltete aus, und mein alter Röhrenbildschirm blitzte auf, bevor er schwarz wurde. Jeder Tag war gleich und das schon seit Jahren. „Hätte ich nicht immer diese vermaledeiten Substanzen in mir", so dachte ich, „hätte ich sicher einen ganz anderen Aussichtspunkt." Wie sollte ein noch so erfinderischer Chemiker einen Stoff entwickeln, der eine Lösung auf Probleme wäre, die so alt sind wie das Leben selbst? Die kurze Unterbrechung dieses immer gleichen vertrottelten Trotts am Samstag war vorüber, und sie blieb mir nicht mit ihrem Duft und Sinn in meiner Erinnerung, genauso wenig wie so vieles andere auch. Wie könnte ich bloß mein Umfeld davon in Kenntnis setzen, dass ich von ihm abgeschnitten war? Ich war hier drüben! Ich überlegte ernsthaft ein Buch zu schreiben. Oder wäre es nicht angebrachter einen Stoff zu entwickeln, der sie dessen, was sie Realität nennen, so beraubt wie ich es war, und erst recht sein würde, wenn in meinem Gehirn zu wenig von seinem Ersatztreibstoff wäre? Aber es endete damit, dass ich Stift und Papier nahm und versuchte zu schreiben wie ich mich fühlte, in Form eines Gedichtes:

> Ein hartes Los, ein karges Brot
> Der Staat nennt mich ein' Chaot
> Es fragt sich bloß, was war denn los
> Wieso ist mein Schaden so groß?

> Die Fabrikanten von Koks
> behandeln ihre Sklaven so grob,
> genau wie die eures Gewands
> und eures Smartphones bis in den Tod
> ihr braven Schafe werdet gelobt
> und sagt, ich wär ein Idiot.
> Jeden Tag ertrag ich eure Farce
> und den Wahn der in mir so tobt.
> Fragt noch einmal Wieso
> Ich sag euch fragt noch einmal Wieso …

Es hatte keinen Sinn. Ich zerknüllte das Papier und schmiss es in den Papierkorb. Von wegen Neuroleptika machten nicht abhängig. Es ist die totale Umprogrammierung der Seele, allein schon weil man zu der Überzeugung kam, dass diese im Körper und nicht der Körper in ihr wohnen musste. Die ganze Erlebniswelt ist eine andere und nur wenn man versuchte, sich die Symptome die man am Anfang von ihnen bekam, in Erinnerung zu rufen, dämmerte es einem was sie wirklich aus der Identität machten. Rätsel über Rätsel und kaum erriet man sie, vergaß man sie gleich wieder wie die Zeit im Schlafe. Während ich so nachdachte, fiel mir ein, dass ich noch meine gesamte Urlaubszeit nutzen konnte. Morgen, beschloss ich, würde ich Urlaub beantragen. Vielleicht würde ich beim gemütlichen Beisammensein mit Igor und Andi wieder einen kleinen Lichtblick erhaschen. Ich feilte an einer meiner 10 Milligramm-Tabletten einen Millimeter weg, nahm sie ein und legte mich nieder. Das Licht war ausgeschaltet, so wie immer, wenn ich dem letzten Abendlicht beim Schwinden zusah. Eine Stunde später war es dunkel. Kurz vorm Einnicken schreckte ich immer wieder hoch, weil ich mir ständig einbildete, dass irgendwelche Käfer auf mir krabbelten. Aber kaum wachte ich auf, um mich zu vergewissern, stellte ich jedes mal fest, dass keine da waren. Ich schlief ein, und träumte vom Schuhschachtelschlichten und Böden kehren.

4.

Ich wurde wach als mein Handywecker klingelte. Der Ablauf meines Morgens war gleich wie an jedem anderen Arbeitstag. Pissen, kalten Kaffee trinken, rauchen, Klamotten anziehen. Ich war wieder vor Schichtbeginn in der Lagerhalle. Ich ging zum Chef. „Guten Morgen, Herr Kogler", sagte ich bemüht, einen ausgeschlafenen, agilen Eindruck zu machen, einfach nur um mir Fragen nach meiner Befindlichkeit zu ersparen. „ Guten Morgen Herr Binnich", gab er freundlich zurück. Er war ein genauer, aber keineswegs strenger Vorgesetzter „Ich wollte fragen, ob es für Sie okay wäre, wenn ich ab Morgen meinen zweiwöchigen Urlaub beginnen würde." „Das lässt sich einrichten, natürlich. Sie haben ihn sich auch verdient. Die Kollegen bringen sich mit Gesprächen auf andere Gedanken, Sie hingegen indem Sie sich noch mehr in die Arbeit vertiefen." Auf dieses Kompliment wusste ich nichts zu erwidern und antwortete nur: „Danke vielmals. Wir sehen uns in zwei Wochen. Schönen Tag noch." Der restliche Arbeitstag verlief gewöhnlich, Kartons über Kartons voller Schuhe, Mittagspause, Ware einscannen, Feierabend. Man wünschte mir noch eine schöne Freizeit und ich ging zur Tür hinaus. Erleichtert machte ich mich auf den Heimweg. Kaum Zuhause angekommen, genehmigte ich mir einen Kaffee und eine Zigarette. Endlich, zwei Wochen freie Zeit, Zeit die ich nutzen konnte wie ich wollte. Ich rief Andi an. Nach achtmaligem Freizeichenton hob er ab. „ Wer stört?" „Da ich in deiner Kontaktliste stehe, erübrigt sich diese Frage. Bei was störe ich dich denn?" „Dabei meinen Kummer zu ersäufen. Ich habe gekündigt. Keinen Bock mehr von früh bis spät in der Küche zu stehen und den Hampelmann zu machen. Was wird von mir erwartet, wie lange ich das noch weitermache? Und so habe ich mir drei Flaschen Wein gekauft." „Nur Mut. Wird schon irgendwie weitergehen. Soll ich dich besuchen kommen? Ich habe jetzt eine Zeit lang Urlaub. Das heißt, ich kann dir beistehen und dir beim Trinken helfen." „Na, das trifft sich ja gut. Wann kommst du?" „Ich geh' gleich los, wenn's dir recht ist." „Alles klar." Ich hatte mich wieder mal um Kopf und Kragen verabredet. Ich hatte Grund zu feiern, Andi Grund zur Niedergeschlagenheit. Alkohol war weder für's eine noch für's andere die passende Antwort. Ich versprach mir, nicht mehr als drei Achtel zu trinken, so wäre es vernünftiger. Nach einer kurzen Dusche zog ich mich um und machte mich auf den Weg, nachdem ich mich dreimal vergewissert hatte, dass meine Wohnungstür abgesperrt war. Andis Wohnung war in der Nähe des Fußball-Stadions, 25 Minuten zu Fuß von meiner Wohnung entfernt. Sie lag im Erdgeschoss und wir konnten selbstverständlich rauchen, so viel wir wollten. Ich klingelte. Er öffnete die Tür und Qualm wehte mir entgegen. Andi sah fürchterlich betrunken aus. „Auf dich ist Verlass mein Freund", lallte er. „Begrüße. Was hast du denn seit Sonntag so getrieben?", fragte ich, als er die Tür hinter uns schloss. „Igor hat noch zwei Flaschen Wodka gekauft und wir sind ziemlich hart abgesoffen. Ich … ich muss aufpassen, dass ich mich nicht dran gewöhne. War ja sein Vorschlag, er musste ja nicht arbeiten. Und heute hab ich in der Küche nur gefressen, als der Chef mich deshalb anschwatzte bin ich einfach gegangen." „Und deine Tabs?" „Was soll damit sein?" „Du säufst schon 4 Tage und nimmst sie trotzdem?" „Ist doch kein Problem. In der Packungsbeilage steht nur drin: ‚Trinken Sie keinen Alkohol wenn sie Olanzapin nehmen, da dies dazu führen kann, dass Sie sich müde und benommen fühlen.'" „Du solltest es trotzdem nicht übertreiben." „Ach so? Sollte ich denn nicht auch mal abschalten können und mich besaufen, wenn ich es will, so wie jeder andere auch?" antwortete er äußerst emotional. Er hielt inne, dann sprach er betrübt mehr zu sich als zu mir: „So weit ist es also schon gekommen. Jetzt rechtfertige ich mich auch schon für meine übertriebene Sauferei! Wie soll es denn bloß weitergehen?" „Jetzt nicht resignieren wegen ein paar durchzechten Tagen. Gib mir doch mal den Wein." Andi gab mir die Flasche, in welcher noch rund drei Achtel drin waren. Ich kippte sie runter. Ich fühlte mich in der Tat müde und benommen, wenigstens war ich mit Andi jetzt auf der gleichen Wellenlänge. Wir setzten uns an den Küchentisch und schwiegen einige Minuten. Dann fing er an zu reden. „Erst geht man zur Schule, wo man bis zum Erlahmen, ja bis zum Verkümmern sitzen muss und stupide Geschichten von der Tafel abschreibt bis einem die Hand verkrampft. Dann geht man zur Arbeit, so wie ich als Koch, wo man bis zur Ermüdung stehen soll und eins auf den Deckel kriegt, wenn man sich anlehnt oder die Hände in den Hosentaschen hat. Man wartet auf die Pause, auf den Feierabend, auf's Wochenende und auf den Urlaub. Wenn ich doch bloß diese Ruhe hätte, ohne sediert zu sein, so wie all die Leute um mich herum. Sie arbeiten und es erfüllt sie. Vielleicht sollte ich was anderes machen, sonst komme ich wirklich noch in Teufels Küche." Ein paar Minuten lang redeten wir nicht. Dann ergriff ich das Wort. „Was macht Igor denn heute so?" „Vermutlich putzt er seine Wohnung oder macht Kreuzworträtsel. Leute auf Serotonin-Wiederaufnahmehemmern sind leicht zu unterhalten." „Rufen wir ihn an und fragen, ob er kommen will?" „Ach, ich will heute nicht mehr gemeinsam sein als zu zweit allein. Wenn zwei reden, ist es genug und besser, als einen dritten zu haben, der darüber urteilt was geredet wird. Zumindest ist das mit Igor so. Ich finde er verurteilt viel zu viel, und ist nicht distanziert genug. Und seit er nicht mehr arbeitet, hat er einfach zu viel Zeit zum Denken. Worüber er sich jedoch keine Gedanken macht, sind Dinge wie die, über die wir vorhin gesprochen haben und die Nebenwirkungen seiner Medikamente, die er ja nicht hat, wie er meint. Er ist glücklich und zufrieden damit zu funktionieren, zumal er nicht einmal mehr merkt was daran liegt, so völlig ohne das Endprodukt seines Tuns. Die kürzesten Pfade sind meistens die irreführrendsten, in diesem Labyrinth in dem wir leben. Alkohol, Zigaretten und Psychopharmaka sind keine Lösung, Alex." Es wurde 20 Uhr. Andi machte uns eine Kanne Kaffee. „Wie willst du deinen am liebsten haben?", fragte er mich als er die Tassen einschenkte. „Kalt oder wenn's sein muss lauwarm. Und einen Löffel Zucker." „Dann verlängere ich ihn mit Eiswürfeln. So ist er dir am liebsten, nicht? Aber sag mir, was ist an einem kalten Kaffee so gut?" „Kann man schneller trinken." „So, so. Kennst du die Behauptung, dass jeder seinen Kaffee am liebsten so trinkt, wie seine Seele beschaffen ist?" „Das hör ich zum ersten Mal. Willst du damit etwa sagen, dass meine Seele kalt und schwarz ist und eine Prise Zucker dazu?" „Ist ja auch nur so eine Behauptung." „Und du? Wie trinkst du ihn denn am liebsten?" „Ich trinke ihn in verschiedensten Varianten aber niemals kalt." „Dann wärst du wohl ein Hitzkopf mit multipler Persönlichkeitsstörung wenn dieser Schwachsinn stimmen würde." „Von der Seele ist die Rede, nicht von der Persönlichkeit. Dies sollte man voneinander zu unterscheiden wissen." „Und wo, meinst du, ist der Unterschied zwischen Persönlichkeit und Seele und was sollen diese ganzen Bezeichnungen überhaupt benennen?" „Die Persönlichkeit kann man auslöschen, die Seele nicht. Und Persönlichkeit ist für mich als Laien ein anderes Wort für Identität. Man kann einem Menschen leicht seine Identität nehmen, indem man ihn von seinem Umfeld oder sein Umfeld von ihm entfremdet, sodass sie einander nicht mehr gleichen können oder wollen. Die Identitäten sind nichts weiter als kleine Sandburgen. Die Seele hingegen ist für mich das Meer, das den Sand überhaupt erst geformt und an den Strand gespült hat. Du weißt von ihr dass sie existiert, was auch immer du dir darunter vorstellen magst, aber wenn der Mensch nichts wissen könnte, er würde gar nicht ‚leben', wenn er nichts davon wüsste. Du, ich und Igor sind Sandburgen, die zu nah am Ufer errichtet wurden, dafür sollten wir die Schuld, so nennen wir doch die Ursache unseres Fluches, an der richtigen Stelle, das heißt am meisten bei uns selbst, suchen." Ich wartete am Ufer auf den Tsunami und wenn er erstmal kommen würde, würden alle baden gehen. Widerwillig schluckte ich meine Tabletten, die ich wie immer leicht angeschliffen hatte, mit einem Schluck Kaffee runter. Es ging mir zu langsam, aber ich glaubte tatsächlich, mich um gefühlte 5 % lebendiger zu fühlen. Nach einer Zigarettenlänge verabschiedeten wir uns. Ich ging nach Hause. Als ich so durch die Straßen ging, musste ich an den Wellensittich denken, den ich als Kind Zuhause hielt. Manchmal ließ ich ihn aus seinem Käfig, weil er mir Leid tat. Ein Wellensittich ist nicht dafür geschaffen, allein eingesperrt zu sein. Wegen der Katze stellten wir seinen Käfig ins Badezimmer. Soweit ich mich erinnern konnte, war der Käfig vollständig geschlossen. Es musste ihm unmöglich gewesen sein auszubrechen. Doch eines Abends wollte der kleine Alexander im Bad auf die Toilette gehen. „Scheiße!" Da lag der Wellensittich. Er war ausgebrochen und in der Toilettenschüssel ertrunken. Ich weiß bis heute nicht, wie er es schaffte zu entkommen, um dann noch weiter zu entkommen. Ausgebrochen um im Klo zu ertrinken. Für Menschen mit unbeschnittener Psyche, ist es schwierig zu glauben, dass das schlimmste Gefängnis jenes ist, in dem die Gedanken eingesperrt werden konnten. Auch wenn mir klar war, dass es unvorsichtig war, und ich am Ende womöglich in der Scheiße landen würde, ich wollte frei sein. Als ich Zuhause ankam feilte ich an meinen Tabletten ein gutes Stück mehr weg. Ich legte mich ins Bett und lachte mir ins Fäustchen ob der Verheißung meiner Freiheit. Ehe ich mich versah, war ich eingeschlafen.

5.

Ich wachte auf und sah auf die Uhr. 09:23. Um 14 Uhr begann mein Hausarzt seine Nachmittagsschicht. Jeden vierten Mittwoch, also alle 28 Tage ging ich hin, um mir mein Rezept zu holen. Die anderen Wochentage hatte er von 07:00 bis 12:00 geöffnet. Da musste ich im Normalfall ja arbeiten, deswegen einigten wir uns auf jeden vierten Mittwoch. Unschwer zu erraten, wie ich mir die Zeit bis zum Termin vertrieb. Ich machte mir Kaffee und rauchte meine Apaches. Nach einer Weile wurde es Zeit loszugehen. Ich beabsichtigte vorpünktlich da zu sein, denn ich wollte mir einen Sitzplatz ergattern. Wie sich herausstellte, war ich nicht der Einzige der das vorhatte, denn Leute warteten bereits vor der Tür, als ich ankam. Die Tür wurde aufgesperrt und die Patienten stellten sich in einer Schlange an. Direkt vor mir war ein junger Mann der ständig trippelte und nicht so recht wusste, ob er die Arme verschränken oder hängen lassen sollte. Er hatte Dyskinesien. Als er an der Reihe war sagte er zur Sekretärin. „Hund... 100 Milligramm Levomepromazin, 4 Milli... Milligramm Risperidon und ... verdammt. Ich hab's vergessen." „Kein Problem", sagte die Sekretärin. „Im Computer steht alles drin. Nehmen Sie bitte Platz und warten sie, bis Sie aufgerufen werden." Er stampfte zu einem Wartestuhl und setzte sich. „Guten Tag", sagte ich, als ich endlich dran war. „Guten Tag Herr Binnich. Das Gleiche wie gehabt?" Ich zögerte und überlegte einen Augenblick lang. Wenn ich vor ihnen solche Angst hatte, dass ich mein Anliegen nicht vorbrächte, würde sich ihr Vorurteil über mich bestätigen: „Paranoid und Schizophren". Allerdings traute ich ihnen alles zu und wollte es ruhig angehen. „Ich würde Dr. Schnautzer gerne fragen, ob wir meine Medikation leicht reduzieren könnten." „Dafür hat er bestimmt ein offenes Ohr. Setzen Sie sich doch. Der Nächste bitte!" Ich setzte mich und wartete. Es roch nach Desinfektionsmittel und täglich gewischten Böden. Ich wartete und wartete. Nichtstun ist nur dann langweilig, wenn man auf irgendetwas wartet, aber nie auf etwas zu warten, hieße, irgendwie stumpfsinnig zu sein. Nach einer dreiviertel Stunde riss mich ein lautes „Binnich!" aus den Träumereien. Ich betrat das Ordinationszimmer. „Also dann Herr Binnich. Was liegt Ihnen denn auf dem Herzen?" Ich holte tief Luft und war voller Selbstzweifel. Ich hatte das Gefühl, das eine hohe Gewalt es mir verbot, diese Frage offen und ehrlich zu beantworten. Also sagte ich um viele Ecken herum, dass ich mich müde fühlte, dass ich nicht mehr so sportlich motiviert wäre, weil mir einfach die Energie dazu fehlte, betonte aber, dass ich in der Arbeit gut zurecht käme und einen geregelten Tagesablauf hätte und fragte, ob es ginge, meine Medikamente nur ein kleines bisschen und nach seinem Ermessen zu reduzieren. „Wissen Sie, Herr Binnich, Schizophrenie ist eine schwere Krankheit, für die es zwar keine Heilung, aber dafür eine sehr gute Behandlung gibt. Es ist wie bei Diabetes. Ein Diabetiker braucht Insulin, ein Schizophrener braucht Neuroleptika. Wenn Sie jedoch das Gefühl haben, dass ihr Medikament nicht adäquat ist, dann …" „Nein, nein, ich vertrage es gut. Nur macht es mich wie gesagt recht müde. Und ich weiß, dass ich mit etwas weniger bestimmt klarkommen würde." „Herr Binnich, Sie müssen eine Weile weitermachen wie bisher. Sie sagen's ja selbst. Sie arbeiten tagsüber, erholen sich abends und schlafen nachts. Setzen Sie das nicht auf's Spiel. Wenn Sie einmal stabil genug sind, können wir nochmal darüber sprechen. Fragen Sie mich in drei Jahren noch einmal. Hier ist ihr Rezept. Schönen Tag noch." Da ich derartiges sowieso erwartet hatte, fiel es mir leichter meinen Verdruss zu verbergen. „Danke für Ihre Zeit. Auf Wiedersehen.", sagte ich und ging zur Tür raus und raus aus der Praxis und atmete ein paar Mal tief durch. So musste ich also auf eigene Faust weitermachen. Wenn ich 0 Milligramm erreichen würde, müsste ich weiterhin Tabletten kaufen, die ich dann nicht mal mehr zu mir nehmen würde, ein teurer Spaß für meine Krankenkasse. Ich ging in die Apotheke und besorgte mir mein Medikament, dazu

Johanniskraut-, Passionsblumen- und Baldrianwurzeltee. Diese würden, so dachte ich, einen kleinen, aber feinen Unterschied machen, wenn mein Geist aus sich hervorkommen würde, wie eine Schnecke aus ihrem Haus nach dem der Igel wieder weg ist. Kaum war ich wieder Zuhause angekommen, läutete mein Handy. Es war Igor. „Hallo, was gibt's?" „Ach, nichts Besonderes, wollt' nur mal ein bisschen plaudern." „Und du dachtest ich wollte das auch?" „Ähm, ja? Wäre ja möglich gewesen." „Ich habe jetzt keine Lust auf betreute Selbstgespräche. Da erscheinen mir heute plötzlich andere Sachen viel wichtiger." „Immer du mit deinen Prinzipien. Komm doch um 19 Uhr einen Sprung vorbei, dann können wir miteinander, und nicht alleine in ‚betreuten Selbstgesprächen' sprechen." „Ich lege mich, wie du bereits weißt, um 20 Uhr schlafen und ich will meine Ordnung nicht durcheinanderbringen, denn im Gegensatz zu manch anderem, weiß ich sie sehr zu schätzen." „Das letzte Mal ging's ja auch." „Das war eine Ausnahme schließlich meinten wir ja, dass es einen Anlass gab." Blieb nur die Frage offen was diesen Anlass eigentlich veranlasst hatte. „Tja, dann halt nicht, wenn du lieber in deiner Wohnung hocken willst." „Ich danke für's Verständnis." „Tja. Wenigstens kommt Tanya morgen wieder, es ist nämlich so sie …" „Verzeihung aber auf einen Gehirntumor hab ich echt keinen Bock. Also komm zum Ende oder gibt's sonst noch was?" „Du bist echt schizophren." „Zeig mir deine Freunde und ich sage dir, wer du bist." „Ich bin nicht schizophren." „Ja, nein, aber du schon." „Ich denke nicht in Klischees." „Da sei dir mal nicht so sicher. Du bist speedig auf Antidepressiva unterwegs und ich hab eben sedierende Mittel. Sag mir, was spielt das überhaupt für eine Rolle? Ich leg' jetzt auf schönen Tag noch." „ Tja dann, man hört sich und …" Ich hatte bereits aufgelegt. Es kotzte mich an wie selbst enge Bekannte, die vorgaben mich zu verstehen, lieber den Psychiatern als mir und ihrem eigenen Mitgefühl glaubten. Igor sah ein, dass er wegen Depressionen lethargisch geworden war und dass ihm Antidepressiva halfen, dass es ihm besser ging. Ja er schwor darauf. Er hatte vollstes Vertrauen in die Pharmaindustrie. Er meinte es nicht böse aber seine Kompatibilität schien mir Blasphemie gegen meinen Gott, diesen imaginären Freund oder welche vorschnelle Bezeichnung die Menschen ihm auch immer geben wollten, jedenfalls war es der einzige Trost und Lichtpunkt der noch war. Natürlich unmöglich einem Psychiater beizubringen. In Zeiten der Inquisition musste man sich hüten, welchen Bezug zu Gott man hatte oder nicht hatte. Heute waren Streckbank und Daumenschraube zum Glück abgeschafft, aber Abtrünnigkeit war nicht gerade milde geahndet. Lieber Zwangsjacke und Gummizelle als Haloperidol und Mandalas. Genug des Schwelgens in Verachtung. Ich musste am Boden bleiben. Was auch immer ich glaubte zu erkennen, es war fehlerhaft. Ich goss mir einen Passionsblumentee auf. Während er zog und abkühlte, beobachtete ich, wie sich das Licht des Tages dem Ende neigte. Der Stundenzeiger ging auf die Sieben zu. Ich musste duldsam und geduldig sein. Es brachte nichts, sich in seinem Kämmerlein über diese verrückte Stadt in einem verrückten Land in einer verrückten Welt zu empören und zu grübeln, wie man anders als durch Anpassung in ihr bestehen könnte. Doch wie lange würde die Lüge bestehen bleiben? Die postapokalyptische Moderne, die Individuen waren gespalten und die Welt war synthetisch. Mit genügend Geduld, hätte jeder die letzte triumphierende Krebszelle sein können. Doch war es das wirklich wert? Wer weiß es? Es soll ja bekanntlich nichts Richtiges im Falschen geben. Ich trank meinen Tee und schluckte 15 Milligramm eines Stoffes, den die allermeisten Leute nicht nötig hatten um zu funktionieren. Das Einschlafen fiel mir schwerer, aber als ich dann endlich einschlief, waren die Träume wieder sinnhafter und heller. Es fühlte sich besser an. Es konnte nur gut und gesund sein sich von diesem Gift loszureißen.

6.

Ich wurde wach ohne die Augen zu öffnen. Ein lautes „Lasst mich! Ich hab doch gar nichts getan! Warum, warum!" weckte mich auf. Ich wollte mich rühren, doch musste feststellen, dass ich an meinem Bett festgeschnallt war. Ich öffnete die Augen und fahles Neonröhrenlicht blendete mich. Ich lag in einem Zimmer in einem Bett in der Zehner, der geschlossenen Abteilung. Laut der Uhr die unübersehbar im Gang angebracht war, war es 17 Uhr. Ich war wohl von der Beruhigungsspritze ganze 11 Stunden weg gewesen. Was machte ich hier und wie kam es dazu? Moment … ja, genau es war so: Alles begann in meiner Wohnung. Ich war auf eben jene wahnwitzige Idee gekommen, die ich mir eigentlich aus dem Kopf schlagen wollte. Es war der siebte Tag ohne Olanzapin. Seit drei Tagen hatte ich nicht mehr geschlafen. Die Gesichte und Gesichter, Eindrücke und Erinnerungen drängelten sich in langen Warteschlangen an den Türen meines Schädels, der Rammbock war schon im Anmarsch. Ich kratzte mir die Kopfhaut wund, als könnte ich so die Plagegeister wegbekommen, die mich wie entartete Krabbeltiere traktierten. Ich probierte alles aus, Sport, Duschen und ich trank Johanniskraut-, Passionsblumen- und Baldrianwurzeltee, doch das war auch nicht wonach mein Gehirn lechzte. Das Schlimmste daran war festzustellen, dass dies die wahre Wirklichkeit war. Es war der Verbindungsfehler zum Netz der Menschheit. Ich war allein, war das ganze Universum und das Universum war ich. Es expandierte nur, um dann wieder zu kollabieren und das im Minutentakt. Vielleicht war das nur eine Illusion, aber meine Befürchtung war, dass es so hätte sein können. Es war nicht mehr auszuhalten und ich ging aus der Wohnung. Die Leute schienen mich dauernd anzuglotzen. Ja, jeder hätte ein potentieller Denunziant sein können. Nur Alkohol konnte noch die permanente Freisetzung von Adrenalin hemmen. Es hätte entweder Morgen oder Abend sein können, und der Himmel war von einer dicken Wolkenschicht verdunkelt, als ich durch die Straßen Richtung Tankstelle ging. Als ich diese dann erreichte, kaufte ich drei Flaschen Rotwein. Die Kassiererin starrte mich einige Sekunden lang an. „Was! Was ist denn?", fragte ich gereizt „Nichts, nichts, das macht dann bitte 23,27 Euro." Ich gab ihr einen Fünfziger, flüchtete aus der Tankstelle und ging in einen nahegelegenen Park. Dort trank ich eine Flasche auf ex. Ich hörte Stimmen, die unentschlüsselbare Worte flüsterten und kicherten. „Eiskalt!" Ich schreckte hoch. Zwei Polizisten kamen auf mich zu. Ich grüßte sie schmeichlerisch mit einem „Guten Morgen" und versuchte einen klaren und nüchternen Eindruck zu machen, was natürlich kläglich scheiterte. „Es ist bereits 18:30 Uhr und Sie wünschen uns einen guten Morgen?", sein Kollege verkniff sich ein Lachen. „Was is' denn hier so zum Lachen?", platzte es aus mir raus. „Haben Sie nicht etwa das Gefühl, etwas vergessen zu haben?" In der Tat hatte ich dieses Gefühl, aber sah ihn nach dieser Frage nur mit einem ratlosen Blick und einem offenstehendem, sabbernden Mund an. „Sie haben ja bloß ein T-Shirt und eine Unterhose an!" Ich sah mich an und es war mir äußerst peinlich. „Das reicht! Wie lautet ihr Name?" „Alexander Binnich." „Wohnhaft?" „Bahnhofstraße 14." „Also dann Herr Binnich, Sie kommen jetzt mit uns mit." Im Streifenwagen war ich eingepennt, oder so ähnlich, kurze Zeit später rüttelte mich der Polizist am Kragen. „Hey, aufwachen! Wir sind da." Ich wurde zur diensthabenden Ärztin gebracht. Man stellte mir Fragen, maß meine Körperlänge, wog mich und zapfte mir Blut ab. Dann wies man mir mein Zimmer zu. „Hier ist ihr Bett. Haben Sie noch Fragen?" „Ja, dürfte ich ein Glas Leitungswasser haben?" „Aber natürlich", sagte er mit einem seltsamen Lächeln, aus dem ich nicht schlau wurde. Er ging und kam kurze Zeit mit dem Gepolter mehrerer Kollegen zurück. Man hielt mich an Armen und Beinen fest und stach mir mit einer Spritze in die Schulter, dann schnallte man mich fest, ich wehrte mich nicht. Und nun lag ich da. Der Pfleger kam und brachte mir ein Glas Wasser. „Könnten Sie mich bitte losmachen?", fragte ich in zaghaftem Ton. „Natürlich, wenn Sie brav sind. Sie sind doch ein Braver, oder?" „Ja, und … Entschuldigung." „So lob ich mir das." Er machte die Gurte ab und ging in die Dienstkanzel. Ich brauchte schleunigst eine Zigarette. Leider hatte ich keine dabei, deshalb wollte ich mir im Raucherzimmer eine schnorren. Als ich es betrat, saß ein alter Mann da und rauchte in Ketten. „Hallo." Er antwortete nicht. Seine Mundwinkel waren verbittert nach unten gezogen und er zitterte leicht. „Verzeihung, hätten Sie eventuell eine Zigarette für mich?" Er nahm eine Zigarette der Marke ErnteX aus der Packung und reichte sie mir. „Danke, haben Sie Feuer?" „Mit was würde ich mir meine denn sonst anzünden?", versetzte er genervt und wies auf das Feuerzeug am Tisch. Ich bedankte mich und zündete mir die Zigarette an. In dieser Stille, die jeder Zeit gestört werden konnte überkamen mich Fragen. Wieso war ich schon wieder hier? Wie lange würde ich wohl bleiben müssen? Und, näherliegender, wer war dieser alte Mann? Er starrte mich an. Schließlich fragte er: „Wie heißt du?" „Alexander." „Ich bin Erich. Wieso bist du hier?" „Ich konnte tagelang nicht schlafen und passte am Schluss nicht mehr ins Stadtbild." „Du hast deine Tabs nicht genommen, stimmt's? Glaub mir: ‚Nimm deine Tabs sonst geht's ab in die Klapps.' Ich hingegen war absolut klar im Kopf als ich hierherkam." Schweigen … „Willst du wissen, warum ich hier bin?", fragte er mich. „Wieso sind Sie hier?" „Bleiben wir ruhig bei Du. Nun ich hatte eine Idee für eine Erfindung. Da spitzen sie alle schon mal die Ohren. Zumal es sich bei dieser Erfindung um eine Art neue Schusswaffe handelte. Die Idee ist so simpel, und doch sagen mir die meisten Leute es sei Blödsinn, was mich allmählich selber daran zweifeln lässt, doch es muss einfach funktionieren, zumindest in der Theorie. Viele geeinte Bewegungen werden zu einer ganzen, die ein Geschoss mit enormer Geschwindigkeit fortschleudert. Ja, es ist die Erstgeburt meines Kopfes, ich nenne Sie Zentauer-Geschütz. Einige praktische Probleme, wie der Verschleiß und das Überwinden der Fliehkräfte bereiten mir noch Kopfzerbrechen, doch wenn ich mir zum Beispiel Kampfkünstler vor Augen halte, wie sie in der Lage sind ganze Steinblöcke zu zerteilen, werde ich zuversichtlich, dass ich das Prinzip dahinter nachmachen kann, nur viel wirksamer. Ich hatte vor, mir einen Prototypen zu bauen. Ich bestellte die Materialien. Nur war ich in einer Außenpflege untergebracht und als ich Ihnen antwortete, wofür ich die ganzen Teile brauchte, behandelten sie mich wie einen Verbrecher. Man warf mir vor, dass ich vorgehabt hätte, irgendeine gefährliche Waffe zusammenbauen zu wollen und irgendwem Schaden zufügen hätte wollen. Und so bin ich hierher verfrachtet worden. Ich habe versucht dem Herrn Doktor klarzumachen, dass ich nicht gefährlich bin, sondern nur etwas patentieren wollte, aber der hält mich nur für noch verrückter, als mich mein zweimonatiger Aufenthalt hier ohnehin schon gemacht hat." „Klingt interessant." „Ja, man könnte dieses Schussgerät natürlich auch für friedliche Zwecke einsetzen, beteuerte ich. Zum Beispiel für die Raumfahrt. Aber erzähl das mal einem Arzt." „Hast du nicht die Befürchtung, dass dir der Herr Doktor die Idee klauen könnte?" „Das ist mir inzwischen schon längst egal. Ich will nur noch hier raus, und nicht länger vorgeworfen bekommen, dass ich für die Gesellschaft gefährlich wäre. Wenigstens hab ich gelernt, wie man wirklich mit Erfindern umgeht. Immerhin." Ohne dass ich Schritte gehört hätte, ging plötzlich die Tür auf. Es war ein Pfleger. „Herr Binnich, Sie haben ihr Abendessen noch nicht gegessen." „Danke, ich komme schon." „Hat mich gefreut dich kennenzulernen Alex." „Gleichfalls Erich", sagte ich und begab mich in den Speisesaal. Dieser war in dem Gang eingelassen und dort stand auch der Fernseher. Ein vollsedierter Patient mit offenstehendem Mund sah wie gebannt auf den Bildschirm, auf dem in Kürze die Lottoziehung gezeigt werden würde. Ein anderer schon etwas älterer Herr mit Schnurrbart und Halbglatze und mit einem Krankenhaus-Pyjama bekleidet, saß am Tisch gegenüber auf den ich mich setzte. Das Abendessen bestand aus zwei Portionen Butter, zwei Scheiben Schwarzbrot, sechs Extrawurst-Scheiben und sechs Blättern Käse. Der ältere Patient mit Schnurrbart und Halbglatze schaute mir interessiert zu. Er machte mich leicht nervös. Ich sah hin, und sah weg. Dann fing er an zu murmeln: „Der Bär hat Angst vor schneeweißen Haaren, der Bär hat Angst vor schneeweißen Haaren." Das sagte er wiederholt im 10 Sekundentakt bis der jüngere, sedierte Patient ihn anbrüllte: „Halt deine Fresse!" Da stockte er plötzlich für eine halbe Minute, um dann schließlich wieder zu wagen, mir bedächtig zu zumurmeln: „Der Bär hat Angst vor schneeweißen Haaren …" „Ich sagte: ‚Halt deine Fresse', sagte ich! Ich muss mich konzentrieren, um die Lottozahlen vorherzusagen. Also halt den Rand!" „Ich kann dir vorhersagen, dass du heute noch niedergespritzt wirst", entgegnete der Alte. „Wenn der nächste Papst Antonius heißt, werdet ihr schon merken, dass ich euer ganzes abgekartetes, vorgegaukeltes Pseudo-Universum durchschaut habe! Und jetzt leise, verflucht!" Ich kaute auf meinem Käsebrot rum. Wieder herrschte Schweigen, und wir schauten auf die Mattscheibe. Die Lottoziehung fing an. Der unter Dyskinesien leidende, junge Mann schloss seine verkrampften Augen. Er versuchte sich zu beruhigen und atmete tief durch. „Sieben." „Und die erste Zahl lautet: ‚Sieben.' Sieben." Der alte Mann grinste mich an. Ich aß unbeeindruckt mein Essen weiter. „Einundzwanzig …" „Die zweite Zahl lautet: ‚Einundzwanzig.' Ein-und-zwanzig." Der Halbglatzige war sichtlich amüsiert. „Hey, du bist ja besser als Nostradamus, hahaha!" „Halt's Maul! Fünfzehn." Allmählich wurde ich hellhörig und schaute auch auf den Bildschirm. Die Zahlenkugeln wirbelten im Automaten herum und dann: „Fünfzehn. Fünf-zehn." „Der Bär hat Angst vor schneeweißen Haaren!" Der junge Mann sprang hoch und stampfte auf den Boden und fing wie wild an zu schreien „Schweig, du falscher Prophet! Es ist nichts Echtes an dieser Welt! Ich hab euch durchschaut ihr falschen Gesichter! Runter von meinem Kopf!" Er sprang auf und ab und schlug sich die Fäuste an der Wand wund. Drei muskelbepackte Pfleger kamen samt diensthabenden Arzt mit Sedativum herbeigerannt und schnallten ihn, auf einem im Gang bereitstehenden Gurtenbett fest. „Acht! Acht! Acht!" Der Arzt gab ihm die Spritze und er wurde stumm. „Und die nächste Zahl lautet: ‚Acht.' Die Acht." „Was für ein bescheuertes Programm", sagte der andere und schaltete die Glotze ab. Ich war zu runtergekommen, um mir über das eben Geschehene Gedanken zu machen. Nur ein weiteres Zeichen des Schicksals, des Saales in dem man herumgeschickt wurde, von einem Menschen zum nächsten, von einer Autorität zur anderen. Als ich fertig mit dem Essen war, läutete der Pfleger vor der Dienstkanzel mit einem Glöckchen. Es war halb 8, Zeit für die Medikamenten-Ausgabe. Während sich vor einem rollbaren Tischchen, mit Einwegtrinkbechern und Tabletten-Dispensern, eine Schlange bildete, ging der andere Pfleger die Zimmer durch, um die Schlafenden zu wecken und ihnen zu sagen, dass sie auch kommen sollten. Ich war recht weit hinten in der Reihe und klopfte ungeduldig mit meinen Füßen auf den Boden. Routinemäßig forderte der Pfleger jeden dazu auf, den Mund aufzumachen und die Zunge nach hinten zu strecken, um zu überprüfen, ob jeder auch brav seine Klapps-Tabs geschluckt hatte. Ich war schließlich an der Reihe. „So, Herr Binnich Alexander. So sieht man sich wieder." Ich kannte dieses Gesicht nach dessen Namen ich mich nie gefragt hatte und quittierte seinen kleinen Smalltalk mit einem „M-Hm". Ich schluckte mein Haloperidol, Levomepromazin, Olanzapin und zwei verschiedene Benzodiazepine mit einem Schluck Himbeerwasser zur Belohnung. "Mund auf." Ich machte den Mund auf „Zunge nach hinten." Ich streckte die Zunge nach hinten. Langsam entfalteten die Sedative ihre volle Wirkung, ganz abgesehen von der Beruhigungsspritze und als ich von der ausgeschaltet war, hatte man mir womöglich noch anderes Zeug eingeflößt. Ich hatte Blickstarre, das hieß, so wie wenn man wegen der Dyskinesien eine verkrampfte Haltung und Bewegungsabläufe hatte, und nicht wusste, ob man sitzen, liegen oder stehen soll, nicht wusste ob man nach unten, oben, links oder rechts schauen sollte. Aber jetzt wo ich wieder Stoff hatte, würde ich wenigstens schlafen können. Ich ging in mein Zimmer und legte mich in mein Bett. Im Bett neben mir lag ein dicklicher Mann Mitte 30 mit einem Dreitagebart. „Hallo, Alexander mein Name." Er starrte zur Decke und antwortete mir nicht. Nach zwei wortlosen Minuten schaltete er das Licht aus. Im Nu war er eingeschlafen und schnarchte so laut, dass er dabei so einen Krach machte, wie der Rettungshelikopter, der um die dreimal am Tag am Gebäude gegenüber vom Krankenhausgelände abflog und landete. Es war halb 9, als ich ins Raucherzimmer ging, hoffend, dass mein Zimmerkollege leiser schnarchen würde, wenn ich zurückkäme. Im Raucherzimmer saß Erich und zeichnete etwas mit einem Geo-Dreieck auf ein Blatt Papier. „Was zeichnest du da?", fragte ich. „Ich zeichne eine Skizze meines Hochgeschwindigkeitswurfgerätes. Ich habe mir vorhin meinen ärztlichen Befund durchgelesen. Kostete mich einige Überwindung, weil ich weiß, dass buchstäblich die Hälfte davon Lügengeschichten sind, um einen zu denunzieren. Jedenfalls wird mir allen Ernstes vorgeworfen, ich hätte vorgehabt, ein gefährliches Gerät zu bauen und sogar, man versuche es zu fassen, gedroht hätte, ich würde damit der Gesellschaft schaden wollen. Deswegen zeichne ich eine Skizze und hänge sie im Gang draußen auf die Pinnwand. Der Pfleger meinte, das sei in Ordnung. Er hat mir auch das Zeichenwerkzeug gegeben." „Und was, wenn ich fragen darf, willst du damit bezwecken?" „Ich will verstanden werden. Ich will, dass jeder Involvierte sieht, dass ich nur eine Idee hatte und nichts weiter. Ferner will ich, dass meine Idee Verbreitung findet. Wie gesagt, könnte es auch noch für andere Zwecke als zur stumpfsinnigen Ballerei nützlich sein." „Darf ich mal sehen?" „Natürlich." Ich warf einen Blick darauf, doch leider musste ich Erich enttäuschen. „Ich versteh's nicht." Und er war sichtlich erstaunt darüber, dass niemand seine Idee verstand. Für ihn war sie etwas, das ihn stolz machte, fast wie ein Sohn, den er nicht hatte, und doch so sagte er, glaubte er nicht daran, dass er der Erste mit einer solchen Idee war. „Es gibt nichts Neues unter der Sonne. So steht es in der Schrift", sagte er dazu immer. Doch dass er ganz allein auf diese Idee gekommen war, wusste nur er selbst. „Du verstehst's also auch nicht? Sonderbar, sonderbar. Naja, das ist ja nichts neues." Um ihn zu trösten sagte ich: „Aber ich glaube, du verstehst es sehr gut und weißt wovon du redest. Vielleicht wird ja mal was daraus." „Oh, so Gott will. Da bin ich mir sogar ziemlich sicher. Damit kann ich den Arzt zum Mond schießen. Aber das nur mal ganz unter uns", sagte er und lächelte grimmig. Nach der Zigarette der Marke ErnteX ging ich zurück in mein Zimmer. Der Kamerad schnarchte nicht leiser als früher, aber nach einer Weile wurde mir schwarz vor Augen und ich schlief ein.

7.

„Raus aus den Federn und Betten machen!", schnauzte eine proletenhafte Stimme, die mir trotz all ihrer Rauheit, eine Rettung aus einem Traum war, in dem ich unter einem riesigen Haufen Blei begraben war. Er schaltete die Neonröhren ein, bevor er die Jalousien hochkurbelte. Ich rappelte mich hoch, und stand aus meinem Bett auf. Mein Zimmergenosse schnarchte noch, was dem Pfleger gar nicht gefiel. „Das ist ja wohl ein Chaot bis zum geht nicht mehr!", sagte er und zog ihm die Bettdecke weg „Aufstehen Maisinger!" Er grunzte nur einmal kurz. „Aufstehen zum Teufel noch eins!" „Ich will nicht zur Schule Papa." Der Pfleger rüttelte ihn, bis er mit einem Mal hochfuhr und aufrecht saß und feststellte, dass er sich hier am Arbeitsplatz von Krankenhauspersonal befand und nicht in seinem trauten Elternhaus. Man sah ihm an, dass es ihm peinlich war, dass er den Pfleger mit „Papa" angesprochen hatte, aber an diese Art von Peinlichkeit war er als künstlich reduzierte Persönlichkeit schon gewöhnt. Als er aufgestanden war, machten wir unsere Betten und der Pfleger ging zu den anderen Zimmern. Das Glöckchen klingelte. Ich ging zum Frühstück, schenkte mir eine Tasse Kaffee ein und spülte damit meine vier Tabletten runter. Es war Montag und somit stand die sogenannte Morgenrunde an. Ich verzehrte das karge Frühstück mit etlichen Tassen Kaffee, der hier zu Genüge angeboten wurde. Danach forderte uns der Pfleger auf die Tische beiseite zu räumen und einen Sesselkreis zu bilden. Leis, leis, leis, wir bilden einen Kreis. Nachdem alle an ihrem Platz waren, kamen der Stationspsychologe und die heutige Ergotherapeutin hinzu. „Guten Morgen", sagte der Stationspsychologe. „Mein Name ist Magister Gerhard Stader und ich bin Ihr Psychologe. Wenn jemand etwas hat, das er mit mir besprechen möchte, kann er mich gerne von 08:00 bis 15:00 Uhr in meinem Büro aufsuchen. Wie ich sehe haben wir hier einige neue Gesichter. Ich würde sagen, Sie stellen sich alle erstmal vor." Es waren vier neue Gesichter, um genau zu sein, und eines, ein recht verdutztes, gehörte meinem Zimmerkollegen. „Wie heißen Sie?", fragte die Ergotherapeutin teilnehmend. „Mein Name ist Mario." „Ist das alles Herr Maisinger?", bohrte Stader nach. „Meine Hobbies sind Gitarre spielen, malen und lesen. Und jetzt möchte ich gerne das Wort weitergeben." Stader akzeptierte das und kritzelte etwas in seinen Notizblock. Ich war an der Reihe. „Und Sie, wie heißen Sie?" „Mein Name ist Alexander Binnich." Ich hätte genauso gut Max Mustermann heißen können. „Ich arbeitete bis vor kurzem in einer Schuhlagerhalle, bekam dann aber leider psychische Probleme und hoffe, dass ich hier die Hilfe bekomme, die ich brauche." Ich wollte den besten, irgend denkbaren Musterpatienten abgeben. Natürlich war das reine Heuchelei und das Letzte, was ich brauchte, war das, was man hier unter Hilfe verstand. Deswegen wollte ich auch so rasch wie möglich hier raus. „Und die werden Sie auch gewiss bei uns bekommen", versicherte er mir, versuchend tröstlich zu klingen und notierte sich wieder irgendwas. Was auch immer. Als nächstes dran war der Typ, der die Lottozahlen vorhergesehen hatte und daraufhin sediert und ans Bett fixiert wurde. „Und Sie sind?" Er schwieg mit gerunzelter Stirn und zusammengepressten Lippen beharrlich für 8 Sekunden. „Sein Sie nicht unhöflich", legte die Ergotherapeutin nach. „Sagen Sie uns Ihren Namen", verlangte Stader. „Sagen Sie ihn doch Herr Stader, wenn Sie meinen, dass ihn irgendwer hören will, er steht schließlich auf Ihrer Liste. Gott lacht über euch." Stader erhaschte einen Gedanken in der Luft und schrieb dann gleich mehrere Zeilen in seinen Notizblock „Ganz wie Sie wollen, Herr Brückler. So und der letzte im Bunde ist?" Sein Haar war schwarz und er war bekleidet mit dem blauen Krankenhaus-Pyjama. Seine Arme waren verschränkt und er blickte verlegen zu Boden. „Nur Mut. Sagen Sie uns ihren Namen." Seine Atmung wurde heftiger, denn sein Puls spornte seine Lunge an, als alle Augen auf ihn gerichtet waren. „Die spinnen. Die spinnen alle miteinander hier!" „Fühlen Sie sich etwa unwohl? Sollen wir Ihnen helfen?" „Ich muss hier raus, ich muss raus hier!" Er stand auf und wollte in sein Zimmer rennen. Man sah schon die Pfleger und den Arzt kommen. Sicherheit geht vor. Man hörte ihn im Gang laut fluchen, dann schluchzen, dann war er still. Man konnte sich denken was ihm passierte. Ohne weitere Verzögerungen fuhr man mit der Morgenrunde fort. Die Ergotherapeutin ergriff das Wort. „Mein Name ist Frau Kathrin Hauser", sagte sie, sich zu uns vier Neuen hinwendend „Ich bin die Leiterin der Ergotherapie, welche von Montag bis Freitag von 08:00 bis 12:00 Uhr stattfindet …" „Kindergarten-Beschäftigung trifft es wohl eher", sagte der alte Mann mit Schnurrbart und Halbglatze gelangweilt. „Unterbrechen Sie mich nicht Herr Egger! Natürlich ist es keine Kindergarten-Beschäftigung. Wir werden kreatives und kognitives Training machen. Die Teilnahme ist verpflichtend für jeden von Ihnen und macht ihren Alltag hier, wie ich wohl sagen möchte wesentlich interessanter." Sie stockte kurz. Hatte sie eben gerade eingestanden, dass die einzige Abwechslung hier das war, was jeder hier, Egger beipflichtend, als Kindergarten-Beschäftigung bezeichnen würde? Aber immerhin war es kein Kreistanz zu zweitklasiger möchtegern indigener Musik wie auf den offenen Stationen üblich. Vermutlich ebenfalls aus Sicherheitsgründen. Gewalttätige oder einen Drogenentzug durchmachende Patienten hätten leicht mal bei so einer Reizüberflutung von irrationalen Eindrücken zum reißenden Wolf werden können. Es folgte die Befindlichkeitsrunde. Man wurde gefragt, wie man denn geschlafen hätte, was man denn heute noch so alles vorhätte, und wie es einem so geht. Ich sagte ich hätte sehr erholsam geschlafen und freute mich schon auf die Ergotherapie und endete wie die meisten anderen mit den Worten: „Ich gebe das Wort weiter." Neben mir saß ein Dreiundzwanzigjähriger mit einer Rotzglocke an der Nase und einem seelenruhigen Lächeln „Herr Petzner, Sie machen ja jetzt schon einen viel ausgeglicheneren Eindruck, als wie damals als Sie gekommen sind." Diese erbaulichen Worte erwiderte er mit einer Art Hecheln. „Danke, ja … mir geht es auch schon viel besser. Ich g…gebe das Wort w…weiter." Nur war da kein Weiterer mehr, er war der Letzte „Aber Herr Petzner", witzelte Stader, „Sie sind doch der Letzte." „Ach ja, haha. Stimmt, ja, ich bin der Letzte." Wir stellten die Tische und Stühle wieder an ihren Platz. Bis zur „Ergotherapie" verblieben noch 15 Minuten Zeit um Zigaretten zu rauchen. Allmählich hatte ich Bock wieder mal Apaches zu rauchen. Ich beschloss, später am Telefon im Gang Igor anzurufen, denn wenn's hart auf hart kam, konnte man sich immer auf ihn verlassen. Er würde wohl etwas sagen wie „War ja abzusehen" oder „Das kommt davon, wenn Schizophrene ihre Tabletten nicht nehmen", aber würde mir wenigstens meine Apaches mitbringen. Bis dahin versorgten mich Erich und andere mit kommerziellen Zigaretten, wie RIP, ErnteX oder Fluppe13. Hinter dem Fenster im Raucherzimmer, das natürlich wie jedes andere aus Panzerglas bestand, konnte man eine Kastanie sehen. Es regnete. Petzner stand die ganze Zeit über wie eine Statue vorm Fenster die Nase an die Scheibe gedrückt. Natürlich wusste ich, dass es ihm überhaupt nicht besser als am Anfang seiner Einlieferung ging, und dass er nur normal war, weil er normal sein musste. Sein Lächeln galt nicht den Menschen hier, schon gar nicht dem Personal, sondern der Hoffnung die Außenwelt wieder zu sehen und sie vielleicht eines Tages als *seine* Welt zu sehen, und dass sie kein Gefängnis sein musste und keiner ihm deswegen schriftlich Dinge wie „Er denkt er sei Gott" unterstellen würde. Doch wer entlassen wurde, stand immer noch mit einem Fuß in der Klapse, wer in der Klapse war, stand mit einem Fuß in der Hölle. Und wer nicht in der Hölle war, hatte leicht Reden zu sagen, dass es keine gab. Aber waren die Befunde mit Lügengeschichten, der Spott und die Ignoranz der Leute nicht eine Auszeichnung Gottes dafür, dass man verstanden hatte und man somit mit einem Fuß im Himmel stand? Petzner glaubte das. Nichts bleibt für immer gleich. Er hatte einen langen Atem. Nicht weil er sich sagte, dass es immer schlimmer hätte sein können, sondern weil er glaubte, dass der Teufel nicht viel Zeit hätte. Egger stieß während alledem einen langen, rauchenden Seufzer aus „Die Hoffnung stirbt zuletzt, aber sie stirbt."

Man rauchte zu Ende und begab sich in den Ergotherapieraum. Dort hingen laminierte Mandalas und Filzkugeln mit Glubschaugen an Nylonfäden an der Decke über dem Tisch an dem gearbeitet, oder besser gesagt, beschäftigt wurde. Auch an den Wänden hingen Mandalas. Mandalas mit Tiermotiven, Mandalas mit Gesichtern oder gewöhnliche, mit einfachen Mustern. Unter der Uhr an der Wand neben der Tür, war ein laminierter Zettel angebracht, auf dem die Parole geschrieben stand: „Wenn nicht Sie, wer sonst? Wenn nicht jetzt, wann dann?" In der Tat, war es eine Herausforderung, Stunden damit zu verbringen, mit dem Buntstift die Formen auszufüllen und nebenbei Schlagermusik vom regionalen Radiosender zu hören. Ich malte gerade ein Clown-Mandala an. Es war mir ein Anliegen, dass das Clownsgesicht, auch wirklich das eines typischen Clowns wurde. Rote Nase, schwarzes Hütchen mit einer weißen Blume dran. Als ich mein Werk vollendet hatte, wollte ich eine rauchen gehen. „Frau Hauser." „Ja, bitte?" „Ich bin fertig. Darf ich eine Rauchpause machen?" „Mal sehen … Schön. Sehr schön. Aber die Blume am Hut haben Sie vergessen anzumalen." „Es soll eben eine weiße Blume sein." „Malen Sie die Blume an. Dann können Sie gehen." Keine Ahnung, warum sie auf so eine Kleinigkeit Wert legte. Jedenfalls glaubte ich nicht, dass es an ihrem Kunstgeschmack lag. Vermutlich irgend so ein psychologischer Trick, um meinen Stolz zu zermürben. Widerstand war zwecklos. Ich malte die Blume rot an, legte ihr das Blatt hin, bat Erich um eine Zigarette und ging ins Raucherzimmer. ErnteX schmeckten einfach grauenvoll. Ich plante ein, Igor nach dem Mittagessen anzurufen. Genüsslich zählte ich die Sekunden, die ich allein im Raucherzimmer verbrachte. Jeden Augenblick konnte irgendwas Dramatisches passieren. Es war ein tückischer Ort. Herein zur Tür kam plötzlich ein Mann um die 40. „Gib mir eine Zigarette." „Ich habe keine, hab diese hier selbst nur geschnorrt." Er machte nicht gerade einen sanftmütigen Eindruck. Er wuchtete sich auf einen Stuhl und zog eine volle Packung Fluppe13 hervor. Dann zündete er sich eine davon an, und sah mich 30 Sekunden mit einem Blick an, der mich zu fragen schien, ob ich gerne ein paar auf's Maul gewollt hätte. Ich sah nicht hin. Verfrüht tötete er seine Zigarette ab und verließ polternd den Raum. Eine Schlägerei ist eine Sache, für Selbstverteidigung oder gar nur Abwehrbewegungen bei einer Schlägerei niedergespritzt zu werden, während der Angreifer womöglich noch frei durch die Station läuft, ist eine andere Sache. Das Raucherzimmer lag an einem, das Ergotherapiezimmer am anderen Ende des Ganges. Dort angekommen, malte ich weiter Mandalas an. Die Zeit verrann und schien dabei grenzenlos langsam. Ich füllte Feldchen für Feldchen mit Buntstiften aus. Als es endlich 12 wurde, gab es Mittagessen. Alle begaben sich in den Speisesaal. Jeder wurde einzeln nach dem Namen auf einem Zettelchen auf seinem Tablett aufgerufen. Die Tabletts mit Gerichten aus der Krankenhausküche, die zahlreiche andere Abteilungen mit Essen zu versorgen hatte, befanden sich in einem rollbaren Kasten aus Metall. „Binnich Alexander!" Der Pfleger überreichte mir mein Essen. Es war Leberkäse mit Kartoffelpüree und einem Ein-Portionen-Päckchen Ketchup. Dazu gab es ein Schlüsselchen Salat mit einer Packung Fertig-Dressing, das eher künstlich als kunstvoll zubereitet war. Ich setzte mich an meinen Platz. Am Tisch gegenüber saß wieder Egger, der sich daran erquickte, alle paar Bissen vor sich hinzumurmeln: „Der Bär hat Angst vor schneeweißen Haaren. Der Bär …" „Lassen Sie das Herr Egger. Die Leute wollen hier gemütlich essen. Und jetzt, Ruhe!" Und plötzlich war es auch ruhig. Alle aßen stumm ihr Essen. Als ich so auf meinem Tierfabrik-Leberkäse herumkaute, überkamen mich Graus und Überdruss. „Kann ich bitte die nächsten Male ein vegetarisches Menü haben?", fragte ich den Pfleger. „Werde ich weiterleiten, Herr Binnich." „Danke." Besser ein Gericht Gemüse mit Liebe, als ein gemästeter Ochse mit Hass. Wer suchet der findet. Ich starrte auf meine restlichen zwei Drittel Leberkäse. Schließlich gab ich ihn Maisinger, der neben mir saß und sich mit leiser Stimme höflich bedankte. Nach dem Essen war es Zeit für eine Verdauungszigarette. Das Kartoffelpüree und der Salat waren nicht sehr sättigend. Am Telefonautomaten, vorm Raucherzimmer warf ich 50 Cent ein und wählte Igors Nummer. Es dauerte nicht lange bis er ran ging. „Hallo, wer spricht?" „Ich bin's, Alexander." „Ja Hallo! Ich hab ja schon seit einer Woche nichts mehr von dir gehört. Was ist das für eine Nummer und wo bist du denn?" „Station 10. Psychiatrie. Die Nummer ist vom Telefonautomaten hier." „Na, das sieht dir wieder mal ähnlich. Lass mich raten, du hast deine Tabletten nicht genommen, stimmt's? Sahst ja seit längerem nicht mehr so gut beieinander aus." „Ja Igor, ich weiß, dass du wirklich ein Musterbeispiel psychischer Gesundheit bist, solange du deine Antidepressiva nimmst, versteht sich, wie du es auch brav tust. Aber ich hab dich nicht angerufen, um Belehrungen und Einsichtspredigten von dir zu erhalten, zumal ich auch nicht das Kleingeld habe, sie mir anzuhören. Ich komme zum Punkt. Also, könntest du mir eine Stange Apaches vorbeibringen? Und wenn's geht vier Mohnschnecken aus der Bäckerei, ich habe heute, wie meistens die letzten Tage nicht viel gegessen." „Alles klar. Wollte dich ohnehin mal wieder sehen." „Die Besuchszeiten sind von 15:00 bis 18:30 Uhr. Geht sich das für dich aus?" „Ja, bis später." „Bis später. Und danke." „Ja, was man halt nicht so alles tut. Bis später. Tschüss." Im Raucherzimmer saßen Egger und Maisinger, und noch ein anderer, der seinen bedeutungslosen Namen in der Morgenrunde nannte und den ich zugedröhnt und verschlafen wie ich war, überhört hatte. Der Qualm trübte die Luft ab einem Meter Sichtweite und mit einer Zigarette von Egger trug ich meinen Teil dazu bei. „Ich bin Chris", sagte der Namenlose. „Ich heiße Alex", gab ich zurück. Schweigen. „Man hat sich nicht viel zu sagen", meinte Chris, „obwohl es genügend zu besprechen gäbe. Aber das liegt nur am Mangel der eigenen Dynamik. Man lässt die Wahrheit einfach Wahrheit, die Lüge einfach Lüge sein. In ihren Gräbern rotieren die, welche es versäumt haben, der Welt ein Dankeschön zu hinterlassen. Wenn der Arzt mit einem Blitz wüsste, was ich weiß, würde er mit einem Schlag einen Herzkasper bekommen." „Was meinst du, und was genau weißt du?", fragte Egger trocken. „Dass das Leben ein Traum ist und das erlöst mich." „Die einzige Erlösung die es gibt, ist die vom eigenen Ich. Denk mal doppelt drüber nach." „Ja, du sagst es. Es ist alles Eins, nichts ist meins, deins oder seins und das Leben hier ist das eines Schweins. Seit zweieinhalb Monaten bin ich hier und warte darauf, dass ich endlich entlassen werde. Aber nein! Die Vertröstung ist nur zum Schein. Dr. Heinz Adler meint's gemein." „Vielleicht solltest du einfach damit aufhören, ihm die trostlose Realität vor Augen zu führen. Das münzt er nämlich ganz schnell in seine diagnostischen Schemata um und davon gibt es für jede noch so banale, menschliche Regung eines." Chris war in der Tat ein radikaler, wenn auch unbedachter Humanist. Für ihn zählte das absolute Du, für die etablierte Psychologie das absolute Ich. Kein Wunder also, dass seine allzu menschliche Art als krank eingestuft wurde. Er glaubte einfach zu sehr, ja geradezu naiv an das Gute im Menschen. Der Grobian der mich vorhin anstänkerte kam hereinspaziert. Er sah uns an, als wartete er nur auf den nächstbesten Grund sich zu prügeln, zündete sich eine Zigarette an und setzte sich geräuschvoll. Vermutlich war er wegen eines Entzuges hier, dachte ich. Die Stille wurde beklemmend, nur Chris schien auf seine Art gelassen zu sein und erwiderte unbeirrt den Blick des Grobians, dieser wartete ab, wie lange Chris es wagen würde, ihm ins Gesicht zu sehen. „Was glotzt du denn so?" „Das Gleiche könnte ich dich fragen." Er stand auf und trat so nah ans Chris' Gesicht, dass er ihm die Luft wegschnaufte. „Paar auf die Fresse?" Er schubste ihn gegen die Wand, sodass sein Schädel dagegen knallte. „Lass mich!" Doch der Typ verpasste ihm einen rechten Haken. Egger und ich gingen dazwischen und Egger rief laut in den Gang hinaus: „Pfleger! Schnell, hier wird jemand geschlagen." Ich wollte den rasenden Irren zurückhalten, doch er gab mir eine rechte Gerade auf die Nase und einen linken Haken. Chris, der schon am Boden lag, musste noch viele Tritte und Schläge einkassieren, bis endlich der Arzt mit drei Pflegern kam. Zwei davon kümmerten sich um den Grobian, der wie ein Wahnsinniger brüllte. Er wurde fixiert und sediert. Chris rappelte sich erleichtert hoch und wollte dem Pfleger danken, von dem er dachte, dass er ihm gleich aufhelfen würde. Doch dieser hielt ihn fest, damit der Arzt ihm die Spritze geben konnte. Er fragte nur laut und immer wieder: „Warum? Warum!" Bis die Spritze wirkte und er fixiert wurde. Egger und ich sahen ratlos dabei zu. Kurze Zeit später war da wieder diese so trügerische Stille. „Allmählich", sagte Egger, „müsste er verstehen, dass der beste Patient der ist, der sich selbst zu helfen weiß. Er hätte ihm einfach das Nasenbein brechen sollen, wäre für ihn auch nicht schlimmer ausgegangen. Stark genug dazu wäre er ja gewesen." Auf den Schock rauchten wir erstmal eine. Egger spendierte mir eine. Schon wieder ErnteX, ich fing langsam an, auf Igor zu warten, doch vor 15:00 Uhr konnte er nicht aufkreuzen und es war erst 12:30. 60 Sekunden ergaben eine Minute, 5 Minuten ergaben eine Zigarettenlänge, 12 Zigarettenlängen ergaben eine Stunde, die ich im Raucherzimmer saß, bis ich beschloss, zum Bücherregal am anderen Ende des Gangs zu gehen. Es waren softe und anstoßlose Bücher: Harry Potter, Bücher rund um die Kultur des Landes und Büchern mit Titeln wie: „Das Erfolgsprinzip" oder „Wie werde ich glücklich". Es gab auch eine Bibel, die mir gleich ins Auge fiel. Ich ging mit ihr in mein Zimmer und las darin, während ich im Bett lag. Mit den Büchern Salomos konnte ich am meisten anfangen. Da stand sowas wie: „Frage nicht warum die früheren Tage besser waren als diese, denn nicht aus Weisheit fragst du so". Und wie man es bei der Bibel so macht, dachte ich einen Moment lang darüber nach. Waren die früheren Tage denn wirklich besser als diese, die ich in letzter Zeit durchlebte? Immerhin habe ich interessante Leute kennengelernt und trotz der zahlreichen, verschiedenen Behandlungen einiges dazugelernt. Jedoch, musste man hinzufügen, besaß ich seit Jahren keinen richtigen Verstand mehr. Als ich die Schwelle zu einem vollständig ausgereiften Gehirn überschritt, war ich auf Psychopharmaka, davor auch und wenn es nach gewissen anderen ging, wäre ich es auch den ganzen Rest meines Lebens. Nun war ich 28, und fühlte mich im Gegensatz zu den allermeisten meiner gleichaltrigen Artgenossen keineswegs mehr jung. Im Gegenteil, ich fühlte mich lebensüberdrüssig, zumindest wenn es immer so weitergehen würde, aber was dabei rauskam, wenn man völlig mittellos und ohne den Beistand anderer Menschen versuchte, aus seinem mentalen Gefängnis auszubrechen, konnte ich nun sehen. Irgendwo stand auch sowas geschrieben wie: „… und die Wahrheit soll dich befreien." Doch das Vermögen Wahrheit zu erfahren, bedarf einer gewissen Bereitschaft zum Wagnis und eines konsequenten und konsistenten Herangehens an die Welt. Doch ich scheute die Welt. Und eben diese Scheue die mich von der Welt trennte, hielt mich auch vor dem Schritt in das ab, was jenseits davon liegen musste und war daher überlebensnotwendig, so klitzeklein gedacht es auch zu sein schien. Nein, sterben kam nicht infrage. Nicht solange ich noch ordentlich Sand in das Getriebe streuen konnte. Aber wie? Ich hätte mir ja irgendwie LSD beschaffen können, es an die Außenseite eines Pflasters tröpfeln können, das ich um meinen Finger angebracht hätte. Dann hätte ich bei der nächsten ärztlichen Visite dem Psychiater die Hand geschüttelt und mir mit Genugtuung all seine Lügen angehört, wissend, dass sie kurze Zeit später wie Blumen aus Angst in seinem Kopf aufblühen würden. Doch dazu hatte ich derzeit weder das Geld noch den Übermut. Trotzdem war es tröstlich sich es vorzustellen. Mich aus den Träumen reißend, kam ein Pfleger zur Tür herein „Sie haben morgen vormittags Visite." Wieder so ein Reim auf meine Gedanken, dachte ich mir. „Welcher Arzt ist denn hier der Chef?" „Dr. Heinz Adler. Ein netter Mann wenn sie mich fragen." Tat ich aber nicht. Wenn man nur nach dem einzigen Warum fragte, und man wenigstens nur auf eine schleierhafte Antwort kam, brauchte man nicht mehr wer, wie oder was zu fragen. Man bekam Intuition. Er sah, dass ich eine Bibel in Händen hielt und verabschiedete sich mit einem anerkennenden Blick, vermutlich war er auch sowas wie gläubig. Doch kaum war ich wieder allein, ging mir anderes durch den Kopf als Gott. Ich lag nur still rum. Hin und wieder hörte ich Geräusche, wie das Telefon in der Dienstkanzel oder den Rettungshubschrauber, der abflog. Das Haloperidol drückte wie Blei und das Lorazepam belog süßlich mein Gemüt. Es gibt keine Dummheit, nur raffinierte Lügen, ein schlauer Dummer weiß wovon ich spreche. „Eigentlich ist doch alles gut, es könnte ja viel schlimmer sein." Es könnte ja viel schlimmer sein, wahrlich, genau deswegen wurde das Leben auf der Welt ja immer schlimmer, weil man den Kredit des Teufels mit Zinsen bezahlen musste. Man machte einfach Kompromisse, das war meistens am einfachsten. Deswegen gab ich auch den Kampf im Kopf auf. Ich wurde vom System mittels der Naturgesetze, die die Funktionen meines Körpers bestimmten Schachmatt gesetzt. "Hinter mir die Sintflut. Baut euer Luftschloss doch ohne mich weiter, ich will jetzt nur noch schlafen." Und so schlief ich das erste Mal seit Jahren mitten am Tage ein.

8.

Ein endloser schwarzer Raum. Ich sehe mich um. Dort ist eine Tür. Ich öffne sie, und betrete einen kleinen Raum, dessen Wände aus Spiegeln sind. Unendliche, identische Reflektionen meiner Identität. Ich will raus, doch die Tür ist verschwunden. „Wer bin ich?" Ich schlage auf die Spiegel ein, doch sie zerbrechen nur schwerlich „Wer bin ich? Wer bin ich!" Ich vernehme eine Stimme „Herr Binnich." Wer sprach da zu mir? „Herr Binnich, Herr Binnich. Wachen Sie auf! Sie haben Besuch." Ich öffnete die Augen. Neben dem Pfleger stand Igor. „Ich lasse Sie beide nun allein." „Danke", sagte Igor. Allmählich wurde mir gewahr, dass ich nur geträumt hatte und es gestern schon heute war. „Wie spät ist es?", fragte ich Igor „Genau 17:00 Uhr. Mann, du siehst ja fertig aus." „Fertig bin ich noch lange nicht, ich habe gerade erst angefangen. Hast du alles dabei?" „Ja, hab ich." „Dann mal schnell ins Raucherzimmer, ich brauche mal wieder richtigen, reinen Stoff, besonders nach so einem wirren Traum." „Und wovon hast du geträumt?" „Davon zu sehen und gesehen zu werden. Einer von der Sorte der schlimmsten Träume. Ist schwer zu beschreiben. Sag mal, träumst du eher von der Welt, oder eher von dir als Hauptdarsteller, wenn du schläfst?" „Ich sehe mich in der Traumwelt, wenn ich träume. Was meinst du damit?" „Ich meine damit, dass du davon träumst gesehen zu werden. Hättest du dich nie im Spiegel gesehen, würdest du auch gar nicht wissen wie dein Gesicht aussieht, und würdest dich nicht in der Traumwelt sehen, sondern nur die Traumwelt um dich." „Wie geistreich. Daraus bin ich jetzt auch nicht schlauer geworden." „Das muss genügen. Ich hab es mir abgewöhnt von meinen Träumen genaues zu erzählen." „Ja, da hast du sicherlich einen schizophrenen Grund dazu." „Kann man bei oberflächlicher Betrachtung so sagen." „Ich hoffe du lässt dir helfen, wenn du kannst." „Jaja, sei's, wie's sei. Hast du auch die Mohnschnecken dabei?" „Ja. Hier." Und er reichte mir eine Tüte mit vier frisch gebackenen Mohnschnecken darin. „Iss' erstmal was, bevor du dir den Rachen verteerst." Ich verschlang gierig zwei hintereinander. Die anderen zwei behielt ich in meiner Nachttischlade für später auf. Ohne es weiter hinauszuzögern, nahm ich mir eine Packung Apaches aus der Stange. Den Rest versteckte ich unter meiner Matratze, dort waren sie am sichersten. Im Raucherzimmer saßen Brückler, der Lottoprophet, und die arme Seele, die in der Morgenrunde ausgetickt war, und nun zähneklappernd und übermäßig oft blinzelnd dasaß und ins Narrenkästchen starrte. „Ein Indianer kennt keinen Schmerz", bemerkte Brückler beiläufig wie zu sich selbst. Auch wir setzten uns. Igor hustete lauthals. „Völlig unnötig sich hier noch einen Tschick anzuzünden. Hier drin ist ja mehr Rauch als Luft!" „Ich würde es auch besser finden, wenn es eine Terrasse gäbe an der geraucht werden kann, aber das ist wohl nicht drin." „Ich werde dich ohnehin bald verlassen, ich muss mich auf meinen ersten Arbeitstag seit langem, den ich morgen habe, vorbereiten. Du weißt ja, wie das ist, wenn man lange nichts mehr getan hat und es dann wieder losgeht. Da muss man sich erstmal drauf einstellen." „Und was ist das für ein Job?" „Gartenhilfskraft." „So, so. Das hört sich ja interessant an." „Ja, wenigstens sieht man den Himmel und im Winter hat man frei und kann Arbeitslosengeld kassieren." „Besser als der Scheiß, den ich machen musste, oder den Job den Andi machen musste. Wo wir gerade von ihm sprechen, wie geht's ihm denn so?" „Nicht gerade gut. Er säuft seit einer Woche durchgehend. Meistens Schnaps." „Nimmt er denn überhaupt noch seine Tabs?" „Das weiß ich nicht, aber allem Anschein nach schläft er nicht. Er hat Ringe unter seinen roten Augen und verträgt auch keinen Lärm mehr." „Und was redet er so?" „Irgend so geistreiche Sachen, wie dass er kein Ansehen bei den Menschen mehr suche. Ich wette der liest schon die Bibel." „Tu ich auch." „Seit wann denn das?" „Seit heute." „Was hast du davon, vermutlich verfälschte, alte Bücher zu lesen?" „Bestimmte Sachen in diesen alten Büchern ergeben einen Sinn. Und gerade weil sie so alt sind, finde ich es wert sie zu lesen." „Vergiss die ganzen alten Bücher. Sie sind jünger und wesentlich uninteressanter als die Welt." „Wer weiß. Ich weiß nur, dass ich nichts mehr weiß." „Religionen machen sich die Welt meist jünger, als sie ist, damit sie leichter mit ihr zurechtkommen, so wie du mit deiner alten, alten Alten." „Wie einfallsreich. Was weißt du denn schon?" „Naja, jedem das Seine." Was für ein Blödsinn, Igor hatte nicht gerade Sinn für Humor, und dass er sich sonderlich mit Büchern oder gar alten Büchern ausgekannt hätte, wäre mir auch neu gewesen. Aber was mir wirklich Gedanken machte, war Andi. Wenn es stimmte, was Igor sagte, konnte es bald ein Wiedersehen geben, und zwar hier. Draußen zwitscherten die Vögel, in der Dienstkanzel läutete das Telefon. Der Tag war fast vorbei, und Minuten vergingen bis Igor aufstand. „So, das war's, ich muss los und mich vorbereiten. Morgen wird ein harter Tag." „Zumindest ein ungewohnter." „Ja, das sowieso. Also dann, rauch nicht gleich alle auf einmal weg, denn ich weiß nicht, ob ich den Geist dazu habe, bald wieder zu kommen." „Keine Sorge, ich komme klar. Danke, komm gut heim." Er hustete noch einmal ausgiebig. „Tschüss", sagte er und verließ rasch den Raum. Brückler setzte sich zu mir und musterte meine Zigarettenpackung. „Was sind denn das für welche? Die Marke kenn ich gar nicht." „Die sind ohne Zusatzstoffe. Zumindest vertraue ich darauf, wenn ich überhaupt noch in was vertraue. Ein Vertrauensvorschuss, wenn du so willst." „Apache, nach sowas. Darf ich mal eine probieren? Geb' dir dafür eine R.I.P." „Sicher nimm eine. Aber behalt um Himmels Willen deine R.I.P., sowas rauch ich nur in absoluten Notfällen." „Danke." Mit Selbstverständlichkeit und ohne mich zu fragen, nahm er mein Feuerzeug und zündete sie sich an. „Du hast dich gar nicht aufgeregt." „Aufregen? Weshalb?" „Na, weil ich gerade dein Feuerzeug genommen habe" „Gib mir beim zehnten Mal einen Cent und es zahlt sich für mich aus. Schmäh, ich bin doch nicht reich genug, um so sparsam zu sein!" „Verstehe." Er atmete den Rauch fast so hastig ein, wie ein Taucher die Luft nach dem auftauchen. „Die brennen ja viel langsamer ab." „Weil da ja auch nicht der ganze Dreck drin ist. Das ist reiner Tabak.

Getrocknetes Laub und nichts weiter." „Wenn man darauf vertrauen kann versteht sich." „Ja. Aber so oder so sind sie die besten. Frag doch mal das Internet was sie in deine R.I.P.-Sargnägel alles reintun. Ammoniak und so Zeug." „Wirklich? Dass sie in Zigaretten chemischen Abfall reintun, dachte ich mir ja immer schon, aber dass sie ohne so viel anders schmecken, das wusste ich nicht. Danke für den Tipp." „Es bleibt trotzdem Teufelszeug. Der Teufel will die Menschen süchtig machen." „Den Teufel gibt es nur wenn man von ihm spricht." „Du musst es ja wissen." Brückler riss die Augen auf. Es triggerte anscheinend was bei ihm. „Was meinst du damit?" „Du kannst die Lottozahlen doch vorhersehen, stimmt's? Du bist ein Meister deines Fachs. Den Teufel kennst du doch sicher auch." „Der Teufel wäre ich, wenn ich Geld aus dem Ether generieren würde. Weißt du denn überhaupt woher das Geld kommt?" „Aus dem Nichts." „Der Teufel scheißt es." „So kann man es auch ausdrücken." „Außerdem kann ich mir nicht immer aussuchen was ich sehe, ob in der Zukunft oder in der Gegenwart. Selbst die Vergangenheit zeigt sich immer anders." „Wie machst du das?" „Man muss sich nur vollends mit der Realität abfinden. Weißt du was Realität ist?" „Verdammt, Nein." „Realität ist, dass morgen ein Sturm kommt. Ich sehe deinen Freund Andi, in einer abgenutzten schwarzen Jogginghose und einem blauen T-Shirt, wie er von der Polizei hierher verfrachtet wird. Er ist ziemlich am Ende. Weißt du was es heißt, am *Ende* zu sein? Es heißt dass das ganze Universum an der Seele kratzt, weil sie sich nicht mehr synchron zu ihm verhält und somit ein Ende, subjektiv für sie, *das* Ende des ganzen Universums wird. Das verstehst du doch oder?" „Ja, ich weiß nur zu gut, was du meinst. Und wenn es stimmt, was du von Andi erzählst, bekommst du morgen eine Packung Tschick von mir. Hier hast du vorerst drei. Ich muss mich jetzt ausruhen, man sieht sich." Er nahm dankend meine Zigaretten an, ich begab mich in mein Zimmer, wo Maisinger schnarchte. Ich schmiss mich auf die Matratze. Morgen würde Andi kommen, dachte ich, nein, ich wusste es. Endlich ein kleiner Lichtblick. Ich wäre nach einiger Zeit mit einem den Verhältnissen entsprechend gutem Gefühl eingeschlafen, wenn nicht das vermaledeite Glöckchen geläutet hätte. Ich ging mit schläfrigen und vom kalten Licht geblendeten Augen zur Dienstkanzel, schluckte meine Tabs, „Mund auf, Zunge nach hinten", lies mein Maul inspizieren, ging zurück ins Bett und schlief kurze Zeit später mit Graus' vor diesem Ort ein.

9.

Ein Impuls. Ich öffnete die Augen. Draußen braute sich ein Unwetter zusammen. Wie spät mochte es wohl sein? Ich ging in den Gang und schaute auf die Uhr. 06:15 Uhr. Der frühe Wurm hat einen Vogel. Ich ging ins Raucherzimmer und vernebelte rasch den morgendlichen Duft in meiner Nase. Er erinnerte mich an frühere Tage, in denen ich noch ein hilfloses, kleines Kind war, aber damit konnte ich mich jetzt nicht beschäftigen, diese Tage waren vorbei, zumindest sollten sie es sein. Schlimm genug ständig Lärm zu hören und geblendet zu sein von diesen verflixten Neonröhren, da brauchte ich nicht auch noch diesen seltsamen Geruch zu riechen. Dieser Geruch, was war das nur für ein Geruch? Jedenfalls versetzte er mich zurück in meine Kindheit. War er eine Halluzination? Eher mutmaßte ich, dass er echt war und absichtlich freigesetzt wurde, um einen bestimmten Zweck zu erfüllen. So wie in Supermärkten, um die Leute in einen Kaufrausch zu versetzen, das war Gang und Gebe. Aber nach der zweiten Zigarette, roch und schmeckte ich nur noch Teer. Danach ging ich zum Frühstück und kippte mir mehrere Tassen Kaffee die Kehle runter. Nach und nach wachten meine Mitpatienten auf. Der Grobian kam schließlich auch noch dazu und schaltete den Fernseher ein. Er drehte die Lautstärke auch übertrieben hoch auf, keiner wehrte es ihm. Es liefen die Nachrichten. Unter anderem wurde noch mal das Nationalratswahl-Ergebnis vom Sonntag gezeigt. Es war das Resultat eines wie gewöhnlich schmutzigen Wahlkampfs und eines gewöhnlichen Stimmverhaltens. „Was für eine Farce", lies Erich bemerken. „Wer noch an diese Regierung glaubt, hat sie nicht mehr alle. Überhaupt erst wählen zu gehen, pah! Was für ein Unsinn."
„Wegen Wahlfaulheit und Wahlbetrug haben's die Rechten auch nicht auf den ersten Platz geschafft." warf der Grobian gemäßig-

ter als sonst ein, denn er schien wenigstens Respekt vor Alten zu haben, vorausgesetzt natürlich, dass es Österreicher waren. „Es ist nicht nötig die Wahlen zu manipulieren", erklärte Erich, „wenn man so erfolgreich das Stimmvieh manipuliert. Aber genug jetzt, ich will jetzt in Ruhe mein Frühstück essen." Das Glöckchen klingelte. Bei der Medikamenten-Ausgabe wurde mir gesagt, dass ich auf der Wartebank vorm Ärztezimmer Platz nehmen sollte. „Sollte nicht lange dauern, bis Sie drankommen." „Geht sich denn vielleicht noch eine Zigarette aus?" „Nein. Sie sollten da sein, wenn sie dran sind." Wenigstens musste ich nicht in der Morgenrunde sein. Die war eigentlich ein absolutes Muss, aber aus organisatorischen Gründen, denn der Arzt hatte noch irgendwas vor, konnte ich ihr fernbleiben. Also nahm ich auf der Wartebank Platz. Nach sieben Minuten kam Chris aus dem Ärztezimmer. „Und noch immer so optimistisch?", fragte Egger der neben mir saß. Chris war sichtlich angefressen. „Nein!", erwiderte er und verließ uns beide. „Ein Tipp von mir: Spiel einfach mit und lass dich nicht aus der Reserve locken. Egal wie widersprüchlich und bescheuert es auch ist, sei einfach kooperativ." „Ich kenn mich schon aus mit Psychiatern, ich werde einfach ‚brav' sein." „Herr Binnich", sagte die Famulantin, „Herr Dr. Adler würde Sie jetzt gerne empfangen." Ich spürte wie meine Nebennieren langsam aber bestimmt Adrenalin ausstießen. Ich fühlte mich wehrlos und klein und es erinnerte mich an ein Gefühl, oder einen Geruch. Ich betrat das Zimmer, die Famulantin schloss hinter mir die Tür. „Grüß Gott, Herr Binnich", sagte Dr. Adler. „Grüß Gott.", erwiderte ich. Er hatte Gott nicht mehr gegrüßt, seit er in seiner Studienzeit zu koksen anfing. „Nehmen Sie doch Platz." Er wies auf einen Gästesessel. Ich setzte mich. „So Herr Binnich, Sie wissen, warum Sie hier sind?" „Weil ich meine Medikamente nicht genommen habe." „Und warum brauchen Sie diese Medikamente?" „Weil ich ohne sie völlig labil bin" „Weil Sie schizophren sind." Wie gekonnt er das klarstellte. „So kann man es auch sagen", meinte ich, während ich ihm in sein Gesicht emporsehen musste. „Sie sehen doch ein, dass sie einen kranken Geist haben?" Ja, warum wohl? „Ja." „Und Sie wissen, dass nur

Medikamente Ihnen helfen können?" Ich stellte mir keine Fragen mehr. „Ja, zumindest kenne ich nichts, das sie ersetzen könnte." „Es gibt auch nichts, das sie ersetzen könnte!", sagte er und wandte sich der gut aussehenden Famulantin zu, meine Libido war jedoch zu gelähmt und die Bloßstellung der Täuschung zu gut sichtbar, als dass mich ihr Aussehen anzog. Ganz anders bei Dr. Adler, der sie väterlich über mich und die Arbeit hier aufklärte. „Sehen Sie seinen verkrampften Gesichtsausdruck?", fragte er. „Das ist ein Symptom, dass auf seinen gestörten Gehirnstoffwechsel zurückzuführen ist." Sie notierte sich das in ihren Notizblock. Dann fuhr er fort. „Wenn Sie also gut wissen, dass nichts ihre Medikamente ersetzen kann, warum haben Sie sie dann nicht genommen?" Ja, warum wohl? Etwa damit ich hier sitzen und eine Lektion für angehende Psychiaterinnen sein kann? Damit Sie bestätigt bekommen würden, dass meine Erkrankung unheilbar sei? „Ich fühlte mich ständig zu müde und dachte fälschlich, dass ich auch ohne sie auskäme." „Ich verstehe. Ich verschreibe Ihnen Risperidon und setze das Olanzapin ab, dann fühlen Sie sich nicht mehr so müde." „Aber …" „Ab morgen bekommen Sie Risperidon und damit Punkt." „Gleich von einem Tag auf den anderen?", fragte die Famulantin. „Ja, das kann man ruhig ausprobieren. Wenn nötig kann man auch höhere Dosen von Benzodiazepinen verabreichen." Die Famulantin notierte sich wie immer alles ganz genau. Er erkundigte sich noch nach meiner Gemütslage und ob ich psychosomatische Symptome verspürte. Ich beantwortete alles so positiv wie es mir gelang. Denn positives Denken war der Schlüssel zum Erfolg. „Haben Sie noch Fragen?" „Ja, eine. Wie lange schätzen Sie, muss ich noch hierbleiben?" „Diese Frage kann ich Ihnen nach etwa drei Wochen beantworten, wenn wir sehen ob sich ihr Zustand stabilisiert hat. Solange bleiben Sie bitte kooperativ und machen die Therapien mit. Schönen Tag noch." Ich ging zur Tür und seufzte befreit. Doch das Minimum an Aufrichtigkeit hatte mir weitere Komplikationen eingebrockt. Ich kam mir allmählich vor wie ein Reagenzglas. Wieder einmal wurde alles umgekrempelt, es war erschreckend welche Rolle synthetische Substanzen in meinem

Leben spielten. Etwa die Hauptrolle? „Es könnte ja schlimmer sein." Am Schlimmsten hatten es die Versuchskaninchen der Konzerne, menschliche wie tierische, die schon vor Jahrzehnten die ersten Ergebnisse lieferten, nach der sich die Macher von Psychopharmaka bis heute orientierten. Ja, es könnte wirklich schlimmer sein, wenn meine Krankenkasse meine monatlichen Medikamente, im Wert eines bescheidenen vierstelligen Betrages, nicht mehr zahlen würde. Wäre ja nicht auszudenken, was für eine Belastung Belastete für die Menschheit wären. Überhaupt sollte man dankbar sein, dass es keine Lobotomien mehr gab, und dass es Mandalas gab und Pseudo-Meditation zu zweitklassiger indigener Musik. Doch was wenn, ja, was wenn? Draußen fing es an zu donnern und hell zu blitzen. Ich ging zum Fenster in meinem Zimmer, um es mir anzusehen, doch nach kurzer Zeit kam ein Pfleger herein. „Sie müssen zur Ergo, Herr Binnich." Es war wieder dieser, der mir so biblisch versiert vorkam „Geben Sie mir 5 Minuten." „Sie wissen, dass sie an der Therapie teilnehmen müssen." „Säße ich gerade im Raucherzimmer, und würde eine frisch angezündete Zigarette zu Ende rauchen wollen, kämen Sie mir doch auch entgegen, oder? Also, ich bitte darum." „Ich drück noch mal ein Auge zu. Aber keine Minute länger." „Danke" Er entfernte sich. „Gott schütze Sie." So sah ich aus dem Fenster, ein Fenster zur Welt draußen. Hagel prasselte auf die Fensterbank und der Donner übertönte all den Lärm um mich herum. Ich sah auf den Parkplatz, auf den gerade ein Polizeiauto zufuhr und schließlich parkte. Der Fahrer, ein autoritär erscheinender Polizist, stieg aus, ein kleinerer aber umso grimmigerer Kollege von ihm ebenfalls. Gemeinsam öffneten sie die linke Hintertür des Wagens, und zerrten ihn hinaus. Er hatte ein blaues, mitgenommenes T-Shirt und eine recht verschlissene, schwarze Jogginghose an. Die Polizisten geleiteten ihn Richtung Station. Der kleinere wollte ihn solange festhalten, doch er fauchte ihn an, sodass selbst ich es gedämpft hören konnte. „Wenn du nicht willst, dass ich mich widersetze, dann nimm deine Pfoten gefälligst weg!" So ging er ihnen zwei Schritte voraus und kurze Zeit später läutete die Türglocke der Station, in der Dienstkanzel. Ich ging in den Gang. Da kam er und wurde zur Erstaufnahme gebracht. „Alex, he, Alex!" Sie drängten ihn weiterzugehen. „Wir sehen uns später!", rief ich ihm zu. Er blickte mich mit einer Mischung aus Runtergekommenheit, Schmach und Freude an. Dann entzog man ihn meines Blickes. Ich ging Mandalas malen.

Sie zapften ihm Blut ab, stellten ihn auf eine Wage und maßen seine Körperlänge. Dann bat man ihn, auf einen Stuhl gegenüber der Ärztin Platz zu nehmen. Drei muskelbepackte Pfleger, die keine Türsteherjobs in den hiesigen Diskotheken mehr bekommen hatten, überwachten ihn achtsam. „Sie heißen?" „Andreas Hackl." Sie kritzelte irgendwas auf einen Zettel. „Und wie fühlen Sie sich gerade, Herr Hackl?" „Ich kann nicht schlafen, schon seit Tagen nicht." „Und woran liegt das? Können Sie uns das sagen?" „Ich krache, weil ich meine scheiß Tabletten das Klo runtergespült habe." „Sie wissen doch, dass das Umweltverschmutzung ist, oder?" „Ja, kann ich mir vorstellen, schließlich wird es den Kanalratten jetzt auch wohl nicht mehr so gut gehen, welche deshalb jetzt ebenfalls krachen." „Die Behauptung, dass Sie wegen der Ihnen verschriebenen Medikamente ‚krachen' ist absurd. Sie sind schizophren und deshalb sind Sie ohne sie einfach psychotisch." Der muskulöseste aller Pfleger kam Andis nächstem Widerspruch zuvor. „Immer das Gleiche mit den Verrückten. Sie lassen sich einfach nicht helfen." „Mhmmm", machte die Ärztin und klang dabei wie ein naseweises Schulmädchen. Andi wurde das alles langsam schon zu bunt. „Wollen Sie den Nobelpreis für den ersten geheilten Schizophrenen? Dann geben Sie mir Benzos und Prothipendyl Hydrochloridmonohydrat zum Einschlafen und verschonen Sie mich mit Haloperidol und Levomepromazin. Und nach drei Wochen, wenn ich wieder einen Lebensrhythmus habe und drei weiterer Wochen des Ausschleichens der Benzos, können Sie mich guten Mutes entlassen." Einträchtiges Gelächter. „Wir sind hier eine Psychiatrie und kein Ort an dem Sie Ihre Gratisdrogen bekommen." „Ich bin doch überhaupt nicht an Drogen interessiert, verdammt!", fauchte er und die Pfleger waren bereit zum Eingriff, doch die Ärztin deutete mit einer Handbewegung an, dass sie ihn noch nicht niedermachen mussten. „Immer schön mit der Ruhe, Herr Hackl!", herrschte Sie ihn an. „Dann holen Sie mir eben Sigmund Freud, Ihr großes Vorbild, nach ein paar Stunden auf seiner Couch sehe ich klarer als nach diesem Scheißzeug und der Posse, die Sie mir hier bieten!" „Ihre schlechten Witze helfen Ihnen jetzt auch nicht mehr. Ich sehe schon, dass ich aus Ihnen nicht schlauer werde. Die netten Herren werden Sie nun in Ihr Zimmer geleiten. Versuchen Sie zu schlafen und fragen Sie bei Bedarf nach Lorazepam. Schönen Tag noch." Kaum in der Lage die Augen offen zu halten, taumelte er den Pflegern nach in sein Zimmer. „Hier ist Ihr Bett. Ruhen Sie sich aus und sammeln Sie Kraft, aber nehmen Sie zuerst diese hier." Mit einem Becher Himbeerwasser schluckte er seine 30 Milligramm Olanzapin und eine Menge Lorazepam, die drei wilde Gorillas gezähmt hätte. Als ich ihn nach dem Mittagessen sprechen wollte und in sein Zimmer ging, sah ich ihn selig schnarchend schlafen. „Träum was Schönes Andi. Man sieht sich." Doch er schlief tief und fest. Ich hörte den ganzen Tag nichts mehr von ihm.

10.

Als ich am Frühstückstisch saß, kam er und setzte sich dazu. „Dann war es doch kein Hirngespinst eines lang herbeigesehnten Schlafes, dass du hier bist", sagte Andi. „Du hast mich doch gesehen." „Da war ich mir nicht mehr so sicher, ich hätte genauso gut halluzinieren können. Das Filmband meiner Erlebniswelt ist ziemlich am Verschleißen." „Der Film des Lebens ist eine Dauerschleife, die ständig überspielt wird, doch man sollte dankbar sein, dass man überhaupt noch in der Lage ist etwas aufzuzeichnen, etwas zu behalten." „Ich hätte dich gerne unter anderen Umständen wieder getroffen, andererseits ist es gut hier nicht ohne eine vertraute Existenz zu sein." „Erzähl doch, was ist dir widerfahren?" „So wie es sich darstellt, habe ich in meiner Wohnung zu viel Lärm gemacht, als ich gegen den Zwerg auf meinem Kopf kämpfte. Ich wollte die Stimmen übertönen, zuerst spielte ich laute Musik, dann fing ich an zu schreien. Am Schluss schlug ich mit meinem Kopf an die Wand zur Nachbarswohnung. Dann kamen sie. Wie du siehst, ist nichts Bedeutendes passiert und ich nehme an bei dir auch nicht." „Da hast du Recht. Selbst wenn im Schädel ein supermassives, schwarzes Loch entstehen würde und ich befürchten würde, dass es die ganze Galaxie verschlingen könnte, dreht sich diese Welt trotzdem einfach weiter." „Jaja. Diese Welt schon." pflichtete er mir bei. Nach einigen Tässchen Kaffee und ungezählten Zigaretten war es wieder mal Zeit für die Morgenrunde. Leis', leis', leis', wir bilden einen Kreis. „So meine lieben Hin- und Herrschaften. Bevor wir mit der Befindlichkeitsrunde starten, begrüßen wir einen neuen Patienten." Andi blickte um sich, ja, er war gemeint. „Wie heißen Sie werter Herr?", fragte Stader. „Ersparen Sie mir das bitte und notieren Sie sich, dass ich auf Ihr kleingeistiges Spielchen nicht einsteige. Ich habe schon hunderten solcher Sesselkreise beigewohnt, im Kindergarten angefangen und bis jetzt ist mir kein Licht dabei aufgegangen." "Naja, das ist ja wohl immerhin ein Statement. Dann fangen wir wenigstens die Befindlichkeitsrunde mit Ihnen an. Wie geht es Ihnen Herr Hackl?" "Blendend, einfach blendend. Ich gebe das Wort weiter." Und so machte der morgendliche Smalltalk die Runde: "Gut geschlafen", "Gut gefrühstückt", "Was für ein schönes Wetter heute, fliegt den keiner in den Urlaub?". Schließlich, zu guter Letzt war ich dran. "Herr Binnich, wie geht es Ihnen heute?" Mein Schädel wurde mir zu eng, genau wie der Ort hier in dem ich langsam Klaustrophobie bekam und wollte für einen Moment ehrlich und authentisch, wenn auch nicht sehr taktvoll, antworten: "Was soll das ganze eigentlich bewirken?" "Was meinen Sie? Erklären Sie's mir." "Sehen Sie nicht meinen verkrampften Gesichtsausdruck? Der ist ein Symptom, das auf meinen gestörten Gehirnstoffwechsel zurückzuführen ist. Ihr pumpt mich hier bis obenhin mit Chemie voll und wollt wissen wie's mir geht? Dann scheiß drauf, pumpen wir uns doch allesamt mit Tranquilizern und Amphetaminen voll! Ja, es sind wahre Wundermittel, die sie uns verabreichen, probieren Sie's doch mal, dann geht es Ihnen so wie mir! Öffnen Sie sich einfach und nehmen Sie hin, nehmen Sie hin! Um Ihre Frage zu beantworten: Ich bin momentan verdammt breit, folglich muss es mir wohl gut gehen." Stader kritzelte in seinen Notizblock. Meine unerhörte Antwort würde möglicherweise meinen Aufenthalt hier um mindestens zwei Wochen verlängern, aber jetzt wo Andi da war, war es mir das, zumindest für diesen Augenblick, wert. Die Morgenrunde war zu Ende und wir stellten die Tische und Stühle wieder an ihre Plätze zurück. Die sogenannte Ergotherapie kam als nächstes. Diesmal mussten wir keine Mandalas malen, denn es stand das sogenannte Brainstorming auf dem Tagesplan. "Also ich sage Ihnen ein Wort und Sie sagen mir, was Ihnen dazu einfällt. Wir versuchen so lange Wörter zu sammeln, bis Ihnen keine mehr einfallen. Das erste Thema heißt Zirkus. Was fällt Ihnen zum Thema Zirkus ein?" Und so trug jeder seinen Teil dazu bei, die Arbeitswut von Frau Hauser zu besänftigen. „Clowns." „Akrobaten." „Tierquälerei", sagte einer. „Aber Herr Egger, es sind doch mittlerweile in den wenigsten Zirkussen tierfeindliche Praktiken üblich." „Taschenspieler." „Sprechpuppen." „Ausgestorben", sagte Andi. „Was meinen Sie mit ‚ausgestorben', Herr Hackl?", fragte Hauser. „Zirkusse sind ausgestorben. Mal ehrlich, wer hat in den letzten 10 Jahren mal wieder einen Zirkus besucht? Und überhaupt sieht man selten einen und wenn doch, sieht man kaum bis keine Besucher darin. Wieso wird eigentlich überhaupt noch auf Plakaten für einen Zirkus geworben, wenn mal einer in die Stadt kommt?" „Heutzutage hat halt jeder ein Smartphone und Videospiel-Konsolen", sagte Egger, „außerdem hat die jahrhundertelange Tierquälerei, zur bloßen Unterhaltung, die Zirkusse in Verruf gebracht." Selbst der sonst so unscheinbare Petzner schaltete sich ins Gespräch ein: „Einmal als ich als Kind im Zirkus war hat ein Lama einer Zuseherin ins Gesicht gespuckt. Ha! Das werde ich nie vergessen." Die Magistertante wurde unzufrieden, ja, geradezu nervös bei dieser angeregten Diskussion. „Wir machen hier ein Brainstorming und keine Plauderei. Also konzentrieren wir uns bitte darauf, was uns zum Thema Zirkus einfällt." „Mir fällt nicht nur was ein, mir fällt etwas auf", warf Andi ein. „Diese ganze Angelegenheit ist in Wirklichkeit ein einziger Zirkus und Sie müssen hier die Aufführung machen." „Wenn Sie meinen den Störenfried spielen zu müssen, können Sie diesen Raum sofort verlassen!" „Gerne! Also dann, macht Platz für den rauchenden Affen!", schmetterte Andi ihr entgegen und ging weg. Eine halbe Stunde später, durfte ich eine Pause machen und traf Andi am Gang, wie er Erichs Skizze seiner seltsamen Erfindung betrachtete. „Was ist das?", fragte er mich. „Erichs Idee irgend so einer Art Kanone, die er, wie er immer betont, für friedliche Zwecke erfunden hat. Aber er sagt, er sei sich nicht ganz sicher ob er der Erste ist, der solch eine Idee hatte." „Kann ich mir denken, das Prinzip dahinter ist ganz simpel. Das Rad war auch nicht die Idee einer einzigen Person." „‚Geeinte Bewegungen die eine einzige ergeben', so hat er mir das beschrieben. Er wird wohl wissen, was er damit meint, ich hingegen hab's nicht geschnallt. Aber wieso tut er sich das alles an? Oder besser gefragt, wieso behandelt man ihn so und stuft ihn als gefährlich ein, wo er doch einen so klaren Eindruck macht und er nur das etwas an der Grenze zum Naiven liegende Vorhaben hatte, eine Erfindung zu patentieren?" „Vielleicht will man nicht, dass das gewöhnliche Volk über so ein Ding verfügt. Wissen ist eine gefährliche Sache, vor allem für den Wissenden." „Zumindest wenn man sich sein Wissen anmerken lässt." „Du sagst es." „Deshalb solltest auch du aufpassen, dass du nicht erkennen lässt, dass du dir über den Unsinn dieser Therapien im Klaren bist. Das wird es dir um einiges erleichtern, möglichst bald hier raus zu kommen." „Du musst mir nix erzählen, was ich bereits selbst schon weiß. Aber ich habe so etwas wie Prinzipien." „Prinzipien? Etwa wie anderen Leuten um jeden Preis die Wahrheit zu sagen? Das ist ein Tropfen auf den heißen Stein. Sie haben Ohren, um nicht zu hören und Augen, um nicht zu sehen." „Verschon mich mit der Bibel. Nimm dir Erich als Beispiel. Er hatte eine Idee und wollte sie voranbringen. Ihm geht es nicht um den Stolz der Erfinder zu sein, sondern um seinen eigenen, authentischen Beitrag für die Gesellschaft, damit sie tiefer geht und etwas in Bewegung kommt. Natürlich ist ihm bewusst, dass er dadurch nur Spott und Häme erntet. Aber er bewegt etwas, wissend, dass es für ihn sogar schwere Nachteile nach sich zieht. Wer schläft also besser am Ende des Tages, der bejahende, oder der Jasager?" „Wer etwas in Bewegung setzt, bewegt sich selbst noch lange nicht. Und damit du dich wieder freier bewegen kannst, musst du erstmal hier raus. Also lass dir gesagt sein: ‚Spiel mit und erlange deine Freiheit wieder, dann kannst du dir wieder mehr Nonkonformität leisten und daran glauben lernen, in dieser Welt etwas bewegen zu können.'" „Finde mal dein Gesicht wieder, wenn du's erstmal verloren hast." Und mit diesen Worten ließ er mich zurück und ging in sein Zimmer. Viel Nennenswertes geschah an diesem Tag nicht mehr. Ratlos schlug ich die Armeen von Sekunden tot bis es endlich Nacht wurde. Die Lichter wurden ausgeknipst und ich harrte auf den nächsten Tag.

11.

Der Donnerstag begann für mich um 06:30 Uhr und man teilte mir mit, dass ich die Erlaubnis hatte, in den Park am Krankenhausgelände zu gehen. „Sie machen einen ganz vernünftigen Eindruck auf mich", sagte Herr Stader. „Bis auf ihren kleinen verbalen Ausfall in der gestrigen Befindlichkeitsrunde, waren Sie bis jetzt sehr kooperativ. Sie wissen doch, dass wir hier sehr um Ihr Wohl bemüht sind?" „Natürlich." „Das hoffe ich. Und eine Bitte unter uns zwei: ‚Machen Sie ihrem Freund klar, dass er sich nicht so aufspielen soll, zu seinem und dem Wohl der ganzen Gruppe'. Es ist normalerweise nicht üblich, dass ich einen Patienten bitte, bei dem zu helfen, was eigentlich meine eigene schwierige Aufgabe ist. Aber von Mensch zu Mensch bitte ich Sie darum." „Ich verstehe und kann Ihnen diesen Gefallen gerne tun." „Danke." „Ich danke. Wie lange habe ich Ausgang?" „Eine halbe Stunde. Seien Sie bitte auf die Minute pünktlich zurück, wenn Sie wollen, dass man Ihnen dies weiterhin gewährt." „Danke. Wenn Sie gestatten mache ich jetzt gleich davon Gebrauch." „Gehen Sie zur Dienstkanzel und tragen Sie sich ein. Und seien Sie *pünktlich*." Nach jener Prozedur geleitete mich ein Pfleger zur Tür, die sich durch einen Knopfdruck in der Dienstkanzel mit einem schrillen Pieps-Ton öffnete. Die Wände im Treppenhaus rochen als seien sie erst kürzlich mit ihrer weißen Farbe bestrichen worden. Schließlich ließ ich auch sie hinter mir und trat zur Tür raus. Die Sonne schien, auch wenn es wegen der frühen Stunde recht frisch war. Ich ging zur Kastanie, die man vom Raucherzimmer aus sehen konnte. Vögel tummelten sich in ihrem Wipfel. Ich setzte mich an den Stamm lehnend hin. Herrlich. Ich tat nichts außer diese Szene zu durchleben und sie auf das Filmband meines Lebens zu überspielen, an der Stelle die leer war, weil man mich niedergespritzt hatte. Als es wieder

Zeit wurde reinzugehen, stand ich auf und prompt, noch bevor ich es hätte merken können, kackte mir eine Amsel auf den Kopf. Ich hörte mal, dass sowas Glück bringen soll und davon konnte man nie genug haben. Vollgetankt mit Zuversicht betrat ich wieder das so sterile Krankenhaus. Dort angekommen, lief es mir kalt über den Rücken. Würde ich weiterhin in den Ausgang gehen dürfen? Ich wusste, dass ich immer pünktlich sein musste. Hat mein Verhalten in der gestrigen Morgenrunde mir tatsächlich weitere Zeit hier eingebrockt? Jetzt wo ich den Kontrast zum bürgerlichen Leben in Freiheit zu diesem Ort hier sah, machte mir das Gedanken. „Ich werde mich wohl einfach brav verhalten, dann werde ich möglichst bald hier raus kommen. Schließlich habe ich doch niemanden was getan, und Stader wird mir einen Gefallen schuldig, wenn ich ihm den meinen tue". Wenn ich Andi überzeugen könnte, sich brav zu verhalten und Stader ein Fünkchen Anstand besäße. Aber letzten Endes hing das alles von Dr. Adler ab „Positives Denken ist der Schlüssel zum Glück." Ich würde einfach ein Lächeln aufsetzen, das kam gut an. Affen grinsen, wenn sie sich bedroht fühlen, Menschen wenn sie glücklich sind. Also fing ich gleich damit an und ging zur Dienstkanzel, um mich zu melden. „Hier bin ich wieder." „Pünktlich, pünktlich. Die frische Luft tut gut, was?" „Ja und ich bin auch dankbar, dass man mir sie bewilligt. Ist … ist ja auch keine Selbstverständlichkeit." „Was haben Sie da in den Haaren?" Verdammt. Ich hatte ja immer noch die Vogelkacke in den Haaren. Das machte natürlich keinen guten Eindruck. „Ach ja … das ist … das ist nur …" „Will ich gar nicht so genau wissen. Waschen Sie sich die Haare und machen Sie sich für den Tag bereit." „Es ist jedenfalls kein Rotz!" Na, toll. „Wie kommen Sie darauf, dass ich auf sowas käme?" Er rollte die Augen und seufzte. „Waschen Sie sich die Vogelkacke oder was es auch ungustiöses sein mag aus Ihren zerzausten Haaren. Um 8 startet die Morgenrunde." Innerlich in mich hineinflüsternd, kroch ich davon. „Wie stellst du dich denn an! Hättest doch genauso gut gleich sagen können, dass du Vogelkacke in den Haaren hattest. Stattdessen traut man dir jetzt auch noch zu, dass du selbst Rotz in deinen Haaren vergessen würdest, weil du so krank bist. Du bist so krank und jeder sieht es!" War das immer schon so oder war ich einfach zu breit? Verzweifelte ich früher auch wegen so einer Kleinigkeit? Schwer zu sagen. Ich vergaß so manches. Plötzlich lenkte etwas anderes meine Aufmerksamkeit auf sich. Es war Brückler, wie er laut brüllte und sich gegen die Pfleger wehrte, die versuchten seiner Herr zu werden. „13. September! 13. September! Acht! Sieben! Dreiundzwanzig! Siebzehn! Fünfundzwanzig! Und dann die Neun!" Das, wusste ich, musste ich mir merken. Und Brückler brüllte wie wild geworden weiter, nachdem er den zwei Kopf größeren und um ein vielfaches stärkeren Pfleger graziös ausgeknockt hatte. Ein zweiter bekam ein ansehnliches Veilchen, konnte ihn aber mit Hilfe eines dritten ins Gurtenbett schnallen. Dr. Adler höchstpersönlich kam, da er gerade der verfügbarste war, angerannt, um ihm eine Spritze zu verabreichen. „Ihr werdet sehen!", sagte Brückler und man merkte, wie ihm die Kräfte schwanden. „Ihr werdet erkennen müssen, dass ihr einen großen Fehler begangen habt! Ihr werdet sehen, ihr werdet …" und weg war er. Die Leute, die gerade noch beim Frühstück waren, bekamen ihre Vorstellung. Ich jedoch wusste, was ich zu tun hatte. In der Dienstkanzel fragte ich nach einem Post-It und einem Kugelschreiber. „Haben Sie vor, was ich glaube, das sie vorhaben?" „Nein." „Na schön, wenn es Sie bei Laune hält. Bitte sehr." Ich schrieb mir die Zahlenfolge auf. 13. September, das war in zwei Tagen. Es war eine Gunst des Schicksals, ach was, eine Gunst Gottes. Jackpot! Das Blatt würde sich bald wenden. Und plötzlich fühlte ich mich wie geheilt.

12.

Eine Fliege setzte sich auf meine Nase. Ich verscheuchte sie und versuchte weiter zu schlafen. Kaum versank ich in meinen Traum, saß sie schon wieder auf meiner Nase. *„Diese Fliege, wenn ich sie kriege, reiß ich ihr eins, zwei, drei, vier Haxen aus."* Ich öffnete die Augen und näherte ihr meine Hand langsam. Dann – zack, erwischte ich sie in dem Moment, als sie zum Flug ansetzte. Da hatte ich nun dieses Drecksvieh in meiner Faust. „Bete dafür, dass mich etwas umstimmt und ich dich nicht zerquetsche dafür, dass du meinem ohnehin erholungslosen Schlaf beendet und meinen Tag auf diese Weise eingeleitet hast." Ich hielt sie zwischen meinen Fingern und sie zappelte und wedelte mit den Flügeln. Was machte ihr Leben so wertlos für mich? Etwa weil sie zu dumm ist, durch ein gekipptes Fenster ins Freie zu finden? Weil sie und ihr Gehirn so klein waren? Würde sie ihre Lektion gelernt haben, wenn ich sie frei ließe? Ich kippte das Fenster, hielt meine Hand raus und ließ sie entfliehen. Tiere passen sich an die Welt an, der Mensch hingegen ist bestrebt die Welt an sich anzupassen. Ich verzehrte mein Frühstück, dann meldete ich wieder meinen Ausgang an. „Sie sind ja ein richtiger Morgenmensch", meinte der Pfleger. Der frühe Vogel fängt den Wurm. Ich ging zur Tür. Sie öffnete sich mit einem Signal, vorbei am Getränkeautomaten den Flur entlang dann rechts die Pforte raus ins Freie. Dann begab ich mich zur Trafik am Krankenhausgelände. Dort angekommen stellte ich mich in die Warteschlange, die aus sechs Leuten bestand. Sie kauften sich alle Lottoscheine und Zigaretten. Ich musste ungefähr 12 Minuten warten, bis ich endlich dran war. Der Trafikant war ein etwas älterer Herr. „Lassen Sie mich raten, sie wollen Lotto spielen, nicht wahr?" „Ich habe vor zu gewinnen." „Haha! Ja, das haben sie alle vor. Na, dann." Er überreichte mir einen Lottoschein. „Bitte sehr und viel Glück.

Haben Sie sonst noch einen Wunsch?" „Eine Stange Apaches, bitte." Ich zahlte mit einem Hunderter. „Den Rest können Sie behalten." „Aber …" Ich verabschiedete mich und ging zur Tür hinaus, ehe ich ihn seine Bescheidenheit beteuern gehört hätte. Die restlichen paar Minuten meines Ausgangs verbrachte ich wieder unter der Kastanie. Die Sonne schien, doch von Westen her kam eine dicke, dunkle Wolkendecke. Man sah kein einziges Flugzeug. Ich genoss den Morgen seelenruhig und zuversichtlich. Er war kein monströser heller Abend für mich wie in früheren Zeiten mit kaputtem Schlafrhythmus, welche noch gar nicht so lange her waren. Ich war doch schon längst kuriert, wieso war ich also noch hier? „Schizophrenie ist unheilbar", das war das Machtwort der gelehrten Psychiatrie. Wenn ich meinen Lotto Sechser machen würde, so dachte ich, würde ich mir richtige Hilfe holen. Keine Ahnung wie, aber irgendeine Alternative zu diesem Zustand, die nicht im hellen Wahnsinn endete, musste es doch geben. Aber noch war es nicht so weit. Ich kam pünktlich zurück auf die Station. Man bereitete schon den Sesselkreis vor und Stader schaltete den Fernseher ab, der wie immer vom Grobian zum Frühstück angemacht wurde. „Heute ist Freitag und somit der letzte Tag in der Woche, an dem die Ergotherapie stattfindet. Nutzen Sie also diese Gelegenheit um Ihre Aufmerksamkeit und kognitiven Fähigkeiten in Schwung zu halten." Andi war wie immer unverblümt angefressen. „Ohne mich!", sagte er. „Herr Hackl, wenn Sie nicht bald etwas kooperativ werden, wird das noch Konsequenzen für Sie haben." „Tatsächlich? Was für eine Überraschung für mich! Wollen Sie mich etwa auch aus Jux und Tollerei niederspritzen, wie Alex als er hier ankam?" Stader starrte mich entgeistert an. „Was reden Sie denn da? Hier wird niemand grundlos vollsediert, stimmt doch Herr Binnich, oder?" „Es ist wahr, was Andi sagt. Als ich hier ankam fragte ich den Oberpfleger nur höflich nach einem Glas Wasser. Ich weiß nicht welchen Bären er den anderen Pflegern aufgebunden hatte, jedenfalls kamen Sie und gaben mir die Spritze und danach war ich dann für einige Zeit ausgeknockt." „Der Bär hat Angst vor schneeweißen Haaren!" „Das hört sich doch komplett unschlüssig an", meinte Frau Hauser, „Sie hätten doch einfach aus dem Wasserhahn trinken können, in Österreich kann man das ohne Bedenken und überall." „Weiß auch nicht warum. Vielleicht wollte ich mich überzeugen, ob es hier ein Mindestmaß an Gastfreundschaf gibt, offensichtlich leider nicht." „Sie sind vielmehr ein Patient als ein Gast und sollten daher lieber kooperieren und sich unserem Arbeitsprozedere fügen." „Sollte ich das Andi wohl auch klar machen, ja? Ihm gut zureden, ja?" Stader stand der Zorn und die Enttäuschung ins Gesicht geschrieben. Er schrieb fast schon kratzend einige Notizen in seinen Block. „Ich nehme ihren Kommentar zur Kenntnis. Sie sind der erste in der Befindlichkeitsrunde. Und, geht es Ihnen gut? Und haben Sie Ihren Ausgang genossen?", fragte er zynisch „Ich schätze ihn sehr und bin auch überzeugt, dass ich ein Recht darauf habe. Schließlich bin ich weder selbst- noch fremdgefährdend." „Sie beide bewegen sich auf sehr dünnem Eis", warnte Stader. „Wie dem auch sei. Ich gebe das Wort weiter." Stader machte ein Häkchen. „Also Herr Hackl." „Ja?" „Wie geht es Ihnen heute?" „Blendend. Liegt wohl an dieser verdammten Neon-Röhren-Beleuchtung hier." „An die Beleuchtung werden Sie sich noch gewöhnen müssen, bis sie bereit sind Fortschritte zu machen." Was zum Teufel wurde hier eigentlich gespielt? Sah so eine Therapie für paranoide Schizophrene aus? War das die Erbauung für Depressive und würde es einen Zwangsneurotischen von seinem Stress ablenken? Doch bald hätte ich Geld für einen Anwalt und einen Freund als Zeugen. Sie sollten sich mit ihren Menschenrechtsverletzungen also besser zurückhalten, die sie sonst so gekonnt unter den Teppich kehrten. In der Ergotherapie bekamen wir Such-Bild-Rätsel mit Disney-Motiven. Links dies, rechts das, links dies, rechts das. Endlich nach 4 Stunden, als mir schon Mickey Mouse und Donald Duck in meine Netzhaut gebrannt waren, war es Zeit für's Mittagessen. Ich hatte ja, wie bestellt, ein vegetarisches Menü. Es gab Milchmaismus. Ich aß die Hälfte vom Milchmaismus und aß langsam meine Mini-Portion Salat ohne Dressing, denn dieses hatte ein Aussehen wie von Milch getrübtem Wasser oder was man sich sonst so dabei vorstellen mochte und schmeckte wie Kleister. Der Rest des Tages bestand für mich darin, mir ins Fäustchen zu lachen, im Glauben ab Morgen ein reicher Mann zu sein. Doch ansonsten war es ein Tag wie jeder andere. Man zählte Zigaretten, Tabletten, Minuten und Herzschläge, Leute wurden mal aus erklärbaren, mal aus weniger gut erklärbaren Gründen niedergespritzt. Dann wurde es Abend und man tratschte sich den Stress von der Seele oder schwieg und akzeptierte ihn einfach, legte sich ins Bett und versuchte zu schlafen.

13.

Der Motor in meinem Kopf erreichte seine Betriebstemperatur, als ich um 7:45 Uhr meine erste Zigarette rauchte. Allmählich fiel mir wieder auf, wo ich war. Egger kam ins Raucherzimmer und zupfte sich zum Zeitvertreib die Haare von seinem halbkahlen Kopf. Es war still. Irgendwas an diesem Tag war besonders, aber es fiel mir nicht auf Anhieb ein was. Wahrscheinlich lag die Antwort in irgendeiner gerade absterbenden Gehirnzelle oder einem Signal, das überlagert wurde. Jedenfalls fiel mir nicht ein was ich denken, geschweige denn sagen mochte, zumal nur Egger hier war, der sich bald die letzten seiner Haare vom Kopf zupfte. Dann, als ich es schon aufgeben wollte, sagte er: „Heute ist der siebte Tag der Woche." „Eigentlich ist heute erst Samstag." „Und du weißt was das bedeutet", sagte Egger überzeugt. „Nein", sagte ich, obwohl ich es eigentlich ahnte. „Nein, ich weiß nicht, was das alles bedeuten soll." Er zupfte sich noch ein Haar aus und sah mich an. „Der Bär hat Angst vor schneeweißen Haaren!"

Den Vormittag verbrachte ich mit Andi. Wir spielten Uno und ein paar ungraziöse Runden Schach. Ich sagte zu ihm: „Heute ist der Tag, an dem die Ersten die Letzten, und die Letzten die Ersten sein werden." „Sieht für mich bis jetzt nach einem stinknormalen Tag aus." „Ich sag dir mal was. Wenn sich heute nichts wahrlich Außerordentliches ereignet, kriegst du von mir einen Hunderter, wenn doch krieg ich von dir einen Cent." „Was zum Teufel hast du denn für Wahnvorstellungen? Eigentlich sollte ich deinem rein von Problemen bedingten, illusionären Optimismus nicht ausnutzen, aber abgemacht, Hundert Euro hören sich gut an, und du kannst es dir ja leisten. Aber vermutlich werde ich sie dir erlassen. Nur sag mir doch, was meinst du mit ‚außerordentlich'?" „Das wirst du schon sehen. Ich hol uns beide hier raus, das lass dir gesagt sein." Das Mittagessen war wieder einmal scheußlich. Ich vernichtete drei Apaches hintereinander, nur um den Geschmack zu übertünchen. Um die Zeit schneller vergehen zu lassen, muss man sie einfrieren. Das tat ich, und ehe ich es realisierte, war es Zeit für die Abendmedikation. Andi war vor mir an der Reihe. Er musste feststellen, dass man seine Dosis an verschiedenen Medikamenten um fast ein Drittel erhöht hatte. „Jetzt übertreibt ihr's aber, ich bin ja kein verdammter Chemiebaukasten!" „Bleiben Sie ruhig. Der Herr Doktor verschreibt so wenig wie möglich und so viel wie notwendig." „Aber weniger ist mehr!" „Sie hören sich an wie so ein Life-Style-Fanatiker und jetzt ab. Der Nächste bitte!" Als wir fertig waren, setzten wir uns zum Fernseher. Es lief auf Vida-Musica ein Cover von diesem einen Lied „No need to lie, or cry, it's a wonderful, wonderful life!". Das größte Wunder war, dass es keine Wunder gab oder besser gesagt, dass mich nichts mehr wunderte. Ich zappte auf das Staatsfernsehen, um die Lotto-Ziehung zu sehen. „Ich freu mich schon auf deinen Cent." „Was soll denn jetzt noch schon Großartiges passieren? Ich denke dein Koller wird bald sehr bedenklich." „Los geht's." Die klang- und farbenfrohe Lottoziehung fing an. „Und die erste Zahl lautet Acht. Acht." „Es werden diese Zahlen sein, schau …" Und ich gab Andi den Lottoschein, damit er so richtig live dabei sein konnte. „Die erste Zahl stimmt, aber das ist doch reiner …" „Die nächste Zahl lautet Sieben. Die Sieben." Andi spitzte die Ohren. „Die dritte Zahl lautet Dreiundzwanzig. Dreiundzwanzig." Und nein, mich wunderte tatsächlich nichts mehr. „… Siebzehn. Siebzehn. Und die Fünfundzwanzig. Fünfundzwanzig." „Alex, das verträgt sich nicht mit meiner Gesundheit." „Kein Grund zur Angst." „Und die Zusatzzahl ist die Neun. Neun. Wir hoffen Sie hatten Glück. All diese Zahlen sind wie immer ohne Gewähr. Ich wünsche Ihnen noch einen schönen Abend." Andi hing die Lade runter. „Glaubst du, dass das ein Zufall sein kann?", fragte er mich. „Ich glaube alles und nichts." „Die Frage ist jetzt nur, wie wir so schnell wie möglich zu unserem Geld und hier raus kommen." „Wir?" Andi konnte angesichts all dieser Wahrheit, keinen Sarkasmus verstehen. „Hey, war doch nur ein Scherz. Keine Frage, dass ich dich nicht hängen lasse. Das Geld gehört mir nicht mal und es ist ein drückendes Glück, plötzlich so viel davon zu haben." „Ja. Und wie sollen wir nun vorgehen?" „Na, wie wohl? Wir kaufen uns frei." „Zuerst müssen wir uns wohl bei der Lotterie melden oder so. Und bis alles abgeschlossen ist, müssen wir den Schein hüten wie unseren Augapfel. Das würde uns noch fehlen, dass ihn der Grobian oder der Doktor in die Finger kriegen." „Ich gehe morgen früh zur Trafik. Dann überweisen sie's mir auf's Konto. Und dann werd' ich Dr. Adler mal zeigen, wer der Boss hier ist."

14.

Er kam spätabends heim, die Hose verdreckt mit Erde und dem grünen Saft von Grünschnitt. „Tanja, ich bin Zuhause!" Niemand antwortete ihm. „Tanja?" Als er auf die Couch in seinem Wohnzimmer blickte, überkam ihn das blanke Grauen. Tanja lag blass und reglos da. Speichel troff aus ihrem Mund und das Spritzbesteck lag achtlos neben ihrem Arm. „Tanja! Oh nein!", er versuchte vergebens sie wachzurütteln, eine Minute lang rüttelte er sie und wehrte sich gegen die offenkundige Wahrheit, dass sie seit Stunden tot war. Er hätte nicht gedacht, dass er einmal wieder wie ein kleines Kind Rotz und Wasser heulen würde, er ließ sich von seinem, angepassten, erwachsenen Charakter nicht daran hindern. Er setzte sich neben sie und legte sein Gesicht in seine Hände. „Sie war doch so glücklich mit mir", dachte er sich. War sie das? Er machte sich Vorwürfe. Hätte er sie daran hindern können und hatte er irgendwas dazu beigetragen? Von außen betrachtete er sich, wie er sich all diese Fragen stellte, für die er sich nicht für besonders oder für weise hielt, da sie sich vermutlich sowieso jeder andere an seiner Stelle gestellt hätte. Er beschloss seine kleine, unbedeutende, aber deswegen nicht weniger heilige Existenz zu beenden. Es waren noch 3 Gramm Heroin im Beutel. Das sollte reichen, um sein Leben wegzuschmeißen. Er bereitete sich den Schuss vor, wie er es von seinen früheren Lückenbüßerfreunden kannte, setzte sich diesen ersten und gleichzeitig letzten Schuss seines Lebens und der Schmerz war weg. So unfassbar es einem auch erscheinen mochte, aber es bedurfte nichts weiter als einer bestimmten, chemischen Substanz, ihn aus dem Schlund der Hölle in die ewige Glückseligkeit zu befördern. Sein Herzschlag wurde langsamer, und immer langsamer, dann war es vorbei. Igor war tot.

15.

Ich lag die ganze Nacht hellwach, kerzengerade und still in meinem Bett mit dem Lottoschein in einer Schachtel Zigaretten in meiner Hand. Ich rauchte nicht und wartete auf einen Tag, wie ich ihn noch nie erwartet hatte. Oder doch? Als es 08:00 Uhr war, wollte ich mich gerade auf den Weg machen, als vor der Tür der Grobian stand. „Gib mir einen Tschick", maulte er. Sicher ist sicher, dachte ich und gab ihm drei. Da kam er erst auf den Geschmack. „Gib mir die ganze Packung." „Ich bring dir eine ganze Packung mit, wenn du mir versprichst, mich für heute in Ruhe zu lassen. In einer neuen Packung ist schließlich mehr drin als in einer angebrauchten." „Ich bin so nett. Aber lüg mich besser nicht an." Ich ging wortlos an ihm vorüber und zur Tür hinaus. "Idiot", dachte ich. „Der soll an seiner Raucherei noch ersticken." Als ich so durch das Krankenhausgelände ging, dachte ich an Brückler. Mit dem Anflug von Fragen, hauchte mir die Realität grausam ins Gesicht, wie als ob sie sich daran rächen wollte, durchschaut worden zu sein. Wie kam es? Eigentlich war das alles nicht möglich. Brückler konnte es nicht gewusst haben, dazu hätte er etwas aufgegeben haben müssen für das ich keinen Namen fand. Etwa den Verstand? Die Heiligkeit? Oder etwa den freien Willen? Doch was ist schon der eigene freie Wille. Den gab es nicht, außer vielleicht in der Form des Nichtwollens. Wahrlich, was einen wirklich auszeichnet, sind Dinge auf die man verzichtet, ja, gegen die man sich wehrt. Und schon gar nicht sind es die Dinge, die man hat, denn Haben und Sein sind Gegensätze die sich nur allzu ähnlich sehen. Leute, die lottosüchtig sind, wollen sich eine neue Existenz erkaufen. Kauf dir Liebe, kauf dir Erfolg und vergiss besser nicht neben all den Sachen, dir Stil zu kaufen, ja, Bescheidenheit zu kaufen, sparen zu lernen. Doch ich packte das Glück am Schopf, als sie Brückler beim Kragen packten. Wie er es wusste? „Keine Ahnung!", seufzte ich in die Luft, wie einer der ein Rätsel nicht lösen konnte. Doch ich sagte mir, dass ich es dabei belassen sollte. Was geschehen ist, ist geschehen. Die Trafik war wie in jedem vernünftigen Krankenhauskomplex geöffnet, obwohl es Sonntag war. Wo sonst hätte man seine ErnteX, Casanova oder Fluppe13 bekommen sollen. Der Trafikant war gerade in ein Kreuzworträtsel vertieft, offensichtlich hatte er heute nicht viel um die Ohren. „Guten Morgen", sagte er aufblickend, als er mich bemerkte. „Und, wieder so spendabel? Oder wollen Sie's nochmal versuchen? Wir haben auch neue Rubbellose." „Ich nehme an, ich kann meinen Lottoschein hier einlösen?" „Oh, ja, natürlich. Wie viel Glück hatten Sie denn? Also mit einem Dreier sind sie ja schon fein raus, bei der Menge Geld." Ich überreichte dem neugierigen Trafikanten den Schein. Als er drauf sah, schwiegen wir für 5 Sekunden. „Das ist ja … bei meiner …" „Und wie läuft das jetzt ab?" „Naja … Also ich werde …" Er schien keinen Satz beenden zu wollen, sondern starrte nur baff auf das Stück Papier. „Hallo – Oh!" „Ja, natürlich. Also ich werde das jetzt hier einscannen. Dann brauch ich Ihre Kontodaten und Ihre Unterschrift hier …" Er überreichte mir ein Formular. Ich füllte es aus und unterzeichnete es. Dann scannte er dieses auch ein. „Und wann hab ich das am Konto?" „Das weiß ich nicht so genau, das ist unterschiedlich. Aber ich nehme an, lange wird's nicht dauern, die wollen ja bald bekannt geben, dass jemand einen so hohen Jackpot geknackt hat." „Gut. Dann geben Sie mir bitte eine Stange Ihrer ungesündesten Zigaretten." „Das wären dann … Ah, wo sind sie denn? Ah, hier bitte. Eine Stange Nails." Ich bedankte mich und gab so viel Trinkgeld, wie ich es für die kurze Zeit entbehren konnte, diesmal hatte er kein so schlechtes Gefühl mehr es anzunehmen. Den Schein konnte ich wieder mitnehmen. „Danke und Aufwiederschaun." Als ich wieder auf der Station ankam, kam mir Andi entgegen. „Alex! Ich habe dir etwas Schlimmes mitzuteilen." „Was ist los?" „Brückler, er hat versucht sich umzubringen. Er hat sich ins Bad gesperrt und sich den linken Arm aufgeschnitten. Zum Glück kam zufällig ein Pfleger dahinter, als er nach ihm suchte." Ich war mit einem Schlag voller Demut und Bestürzung „Wird er überleben?" „Es sieht schlecht aus. Er hat viel Blut verloren und liegt jetzt auf der Intensiv. Er hat es nicht verdient, so zu gehen, er hat so etwas einfach nicht verdient!" Ich wollte einen Moment innehalten und mir das alles durch den Kopf gehen lassen, als völlig unberührt von der ganzen Angelegenheit der Grobian heranstolziert kam. „Du schuldest mir was." Ich hielt ihm seine Stange Nails vor die Nase. „Das ist ja ein gestopfter. Jawohl!", sagte er erstaunt aber keineswegs dankbar. „Ab jetzt wirst du nicht mehr wie ein bettelnder Hund angekrochen kommen und dir deine Zigaretten bei mir ergattern." Eine Ader auf seiner Stirn schwoll augenblicklich an und er machte einen Schritt auf mich zu. „Halt! Ich rate es dir, dir selbst zuliebe solltest du mich dir etwas zeigen lassen." Sein dumpfer Verstand regte sich wundersam als ich das sagte und ihm den Lottoschein reichte. „Was soll das heißen?", fragte er die Faust ballend. „Das heißt, dass ich der reichste Mensch bin, dem du je gedroht hast und das ist, wie du aus Filmen sicherlich weißt, nicht gerade ungefährlich." „Du jämmerlicher Verrückter! Jetzt bist du am Arsch!" Ich griff nach der Zeitung die zufällig in der Nähe war. „Hier, gleich auf der Titelseite. Vergleich die Zahlen." Er wurde blass als er damit fertig war. Er dachte 3 Sekunden darüber nach und wurde plötzlich sehr diplomatisch. „Entschuldigung! Du kannst auch die Zigaretten wieder haben. Tut mir leid. Ich will keinen Stress!" „Behalt dir deine Dreckszigaretten und jetzt ab mit dir!" Als er wieder weg war, konnte ich mich wieder dem Wesentlichen widmen. Andi und ich starrten wortlos auf den Boden. „Er wird überleben", sagte er schließlich, „alles andere kann und will ich nicht glauben." „Ich auch nicht." Wir ließen nicht viel Aufsehen erregen, das war nicht nötig. Andi begab sich in sein Zimmer, er sagte, dass er nachdenken müsse. Ich tat es ihm gleich und in Windeseile kreiste der Uhrzeiger Richtung halb 8. Tabletten, Himbeerwasser, runter damit, Mund auf, Zunge nach hinten, gute Nacht.

16.

Es wütete ein Gewitter. Mit einem Blitz wachte ich auf, ging in den Gang und sah in die Zeitung. Ich war der einzige Jackpot-Knacker, somit gehörten mir nun rund 77 Millionen Euro. Dann rauchte ich eine und wartete bis Dr. Adler kam. Er wirkte leicht übermüdet. „Herr Adler, lassen Sie mich, Andi und Brückler gehen!" „Haben Sie Drogen genommen? Wie kommen Sie darauf, dass ich Sie gehen lassen würde?" „Ich möchte mit Ihnen reden, haben Sie Zeit? Es könnte ein Gewinn für Sie sein." „Wie sollte von Ihnen irgendwas Nützliches kommen? Ich habe zu tun, lassen Sie's jetzt lieber gut sein." Ich sah mich um und vergewisserte mich, dass niemand uns hörte, dann trat ich mit sicherer Miene an ihn heran. Im Flüsterton fragte ich ihn: „Was halten Sie von 13 000,00 Euro?" Er spitzte die Ohren, doch schaute er etwas skeptisch. Dann erwiderte er: „Sie sind nicht der Erste der mir Geld andreht, um hier rauszukommen, doch bis jetzt konnte keiner eine Summe aufbringen, die mich dazu bringen würde, gegen die Vorschriften zu verstoßen." „Sein Sie so bescheiden wie es Ihr Stolz will, aber so gierig wie es Ihrer Angst um Prestige gebührt." Ich zeigte ihm den Schein. „Das kann nicht sein!", sagte er mehr sich selbst als mir. „Das ..., aber das sind doch die Zahlen, die dieser Herr Brückler neulich geschrien hat, als ich ihn ruhigstellte!" „Tja, hätten Sie die Gelegenheit ergriffen, würden Sie's wohl jetzt nicht bereuen, was?" Er atmete einmal tief durch. Ja würde er's nicht bereuen? Wäre es ihm das wert gewesen? „Wussten Sie ...", fragte ich ihn aus wahrhaft reinem Interesse, „wussten Sie, dass Gott ihn perfekt erschuf, nur damit er durch reinheitsfanatische Menschen wie Sie, die immer nur Krankheit sehen, verunstaltet wird? Oder was taten Sie, ihm wirklich zu helfen? Ihr Psychiater seid doch alle das gleiche falsche Volk. Verdient die Hälfte eures Geldes durch die Pharmaindustrie und braucht 30 Sekunden um jemanden zu diagnostizieren. Richtet euch nach eurer Bibel, dem Diagnostic Statistical Manual, das alle Jahre wieder von einer kleinen Rotte Experten aktualisiert wird, sie bestimmen was gesund und was krank ist. Ihr Psychiater seid die gescheiterten Ärzte." „Sie ..." Er wollte etwas entgegnen, besann sich aber in Anbetracht der gesamten Situation eines Besseren. „Sie geben mir 13 000,00 für Sie und das gleiche für Herrn Hackl. Herrn Brückler kann ich unmöglich gehen lassen." „Dann beten Sie dafür, dass er überlebt, dann wird Ihnen auch der Gerichtsprozess um einiges leichter fallen." „Gerichtsprozess?" „Ja, und zwar wegen der ungerechten, erniedrigenden und entwürdigenden Praktiken von Ihnen und den anderen Angestellten. Es gibt reichlich Zeugen dafür, dass Sie willkürlich Leute KO spritzen und mit dem nötigen Kleingeld ließe sich durch ethische und professionelle Ärzte auch aufzeigen, wie viele Fehldiagnosen Sie stellen. Außerdem beweisen die Mitschnitte, die ich in unseren Visiten mit meinem Handy aufgenommen habe, dass Sie meinen Befund verfälscht haben und zynisch und beleidigend sind." Mit so einem Montag hatte er nicht gerechnet. Doch was wollte er tun? Am liebsten hätte er mir tonnenweise Haloperidol injiziert, doch er stand wie nackt da und sagte schließlich nach einer kleinen Bedenkzeit, die ihm klarmachte, dass er keine Optionen hatte: „Nehmen Sie Ihren Freund mit und gehen Sie wohin es Sie verschlägt. Und leben Sie ihr Leben, sonst lebt es ein anderer für Sie. Wir haben uns nichts mehr zu sagen." Viel sinnvoller hätte er wohl nicht antworten können, und wie Recht er damit hatte. „Auf Nimmerwiedersehen", sagte ich. Und ich ging zu Andi und sagte ihm Bescheid. Wir verabschiedeten uns bei allen, die wir uns gerne im Gedächtnis behalten wollten und packten unsere Sachen. Dann öffnete man uns die Tür und wir gingen, was uns erstaunlich unkompliziert vorkam.

17.

Mit dem Gepäck saßen wir bei der Bushaltestelle. Wir mussten uns erstmal wieder an die Welt außerhalb gewöhnen. Wer entlassen wurde, stand mit einem Bein drinnen, wer mit einem Bein drinnen stand, stand neben sich. An der Bushalte' rauschte reger Autoverkehr vorüber. Die Wolken hatten sich längst verzogen und die Sonne schien. Vögel, die es sich aus was weiß ich für Gründen ausgesucht hatten, hier zu sein, wo selten jemand ein paar Stückchen von seinem Chickenburger verbröselte, zwitscherten sich gegenseitig Worte in ihrer seltsamen Sprache zu. „Wirst du ihm wirklich auch noch Geld geben, dafür was er Brückler angetan hat?", fragte Andi. „Deine Frage enthält ein durchaus berechtigtes Argument. Doch ich denke Brückler wäre das egal. Vielleicht würde er es sogar gutheißen. Wenn Dr. Adler das nächste Mal fein essen geht, wird er sich daran erinnern. Es wird ihm auf's neue vor Augen führen, welche Essenz es wirklich ist, mit der er und seine ganze Zunft an Zeichendeutern es zu tun hat." „Und dein Vorhaben juristisch gegen ihn vorzugehen? Das wird eine Menge Energie kosten. Ich kenn mich da aus, ich war schon oft vor Gericht." „Ich weiß, aber das ist eine andere Geschichte, die warten kann. Lassen wir sie ruhig noch ein bisschen zappeln. Ich würde sagen, wir haben uns nach all dem Wahnsinn, ein wenig Zerstreuung verdient." „Und an was denkst du dabei?" „Wir fahren nach Wien und checken ins beste Hotel ein und gönnen uns einen raren, reinen, roten Wein." „Schau lieber erstmal auf dein Konto." „Ja, warte mal hier. Der Bankomat ist gleich vis-a-vis." Ich rannte über die Straße zum Bankomaten. Ich prüfte meinen Kontostand: 77 000 023 Euro und ein Cent. Für's Erste behob ich fünfhundert. „Alles klar!", rief ich, als ich zurück über die Straße rannte. Andi lächelte das erste Mal seit langem wieder. „Und wann fährt der Zug ab?" „Scheiß auf den Zug", sagte ich und winkte dem Taxifahrer zu, der auf einem Parkplatz gleich in der Nähe auf Kundschaft wartete. Er fuhr zur Bushaltestelle und kurbelte das Fenster runter. „Wohin wollen?" „Nach Wien." „Nach Wien kosten Zweitausendfünfhundert." „Kein Problem. Los Andi." Ich zündete mir eine an und legte die Taschen in den Kofferraum, und wollte einsteigen. „Nix rauchen. Is' nicht erlaubt im Auto." „Können wir eine Ausnahme machen?" fragte ich mit drei Hundertern in der Hand, die ich ihm anbot. „Is' gut, aber Fenster runter." Wir stiegen ein und er fuhr los. Es wurde eine lange Fahrt, aber das nahmen wir auf uns. Man sollte, so dachte ich, als wir mit 130 Kilometern pro Stunde auf der Autobahn dahinrasten, sich einmal vor Augen halten, was die ganze Fahrerei und Fliegerei uns eigentlich glauben macht, nämlich, dass die Welt klein sei. Man fährt oder fliegt von einem Ballungszentrum zum nächsten, trifft dort auf Bekannte und erzählt sich: „Die Welt ist klein". Irgendwann, so dachte ich, wäre ich es mir schuldig, all diese Wege noch mal zu machen, und zwar zu Fuß, um zu erfahren wie groß die Welt ist. Doch die Welt ist so groß, dass sich das in einem Menschenleben niemals ausgehen würde und so wird sie mir ein Rätsel bleiben, bis ich sterbe. Als die Sonne im Sinken war, erreichten wir die Stadt. Ich bezahlte mit der Bankomatkarte. „Gute Heimreise, Meister!" sagte Andi zum Taxifahrer. „Danke, haben Sie schöne Zeit", sagte er und fuhr zurück nach Kärnten. Dann beschlossen wir, sofort in einen Weinladen zu gehen. Nach einigen Erkundigungen und Herumgehen in der halben Innenstadt, fanden wir schließlich einen. Wir gingen rein und sahen uns um. Die billigeren kosteten alle so um die 30 Euro im Durchschnitt. Andi tauchte hinter einem Regal auf mit einer 1 Liter-Flasche Wein in der Hand und zeigte sie mir „Elysium, Jahrgang 1945." „Scheint ja ein edler Tropfen zu sein. Wie viel kostet er?", fragte ich desinteressiert. „7000." „Alles klar. Nimm noch eine zweite." Ein Franzose stand an der Kassa. Es waren kaum Leute im Laden und wir waren sofort dran. „Sie 'abän einen güten Geschmack, 14 000, wenn isch bittän darf." Ich zahlte mit der Karte und wir gingen nach draußen. „Welches ist denn das beste Hotel in Wien, Andi?" „Keine Ahnung, ich dachte du weißt das." „Ich kenn mich doch in Wien nicht aus. Ist auch das erste Mal, dass ich hier bin." „Na toll, du Bauer!" „Geh'n wir mal ein bisschen rum. Wir werden es schon finden." Ich machte eine Flasche Elysium auf, wir teilten sie uns, denn von uns war keiner giftig und wir wussten wie man aus einer Flasche trinkt. Nach drei Stunden, in denen wir uns umsahen, leuchtete plötzlich von Weitem ein Schild auf einem prächtigen, schlossartigen Bau. „Vienna Falcon. Fünf Sterne. Das scheint gut genug zu sein, komm wir gehen rein." Am Schalter stand eine hübsche Rezeptionistin. „Hallo, Fräulein. Hätten Sie ein Zimmer frei?" „Kommt darauf an. Höher oder tiefer?" „Im Erdgeschoss wäre mir am liebsten." Nach höflicher Aufforderung zahlte ich. „Bitte folgen Sie mir" und wir verließen den prunkvollen Empfangssaal und begaben uns in einen breiten, langen Korridor in dem alle zehn Meter eine Tür auf der einen und eine auf der anderen Seite war. Beim vorletzten Zimmer links hielten wir an. Zimmer 9. Der Wein stieg uns zu Kopf. Wir betraten unser barock eingerichtetes Zimmer, in dem es an Gold nicht mangelte und das etwa viermal so groß wie meine Wohnung in Kärnten war. „Wenn die Herren noch einen Wunsch haben, zögern Sie nicht ihn uns mitzuteilen. Unser Personal steht Ihnen rund um die Uhr zur Verfügung. Drücken Sie einfach die gelbe Taste am Telefon. Ich wünsche Ihnen noch einen schönen Aufenthalt im Vienna Falcon." Dann ging Sie auf ihren Stöckelschuhen zurück zur Rezeption. Wir schlossen die Tür und ließen uns auf die Couch sinken. „Weißt du was, Alex?" „Was denn?" „Egal wie die Zukunft auch aussehen mag, die Erinnerung bleibt mit all ihrer Hässlichkeit in unseren Köpfen." „Das stimmt. Aber je mehr man sich einbilden kann, desto weniger ist man auf Erinnerungen angewiesen. Und das dürfen wir nun endlich, Andi, das dürfen wir. Lass deine Fantasie einfach das Kommando übernehmen, niemand wird dich mehr daran hindern." „Egal wie satt wir sind Alex. Wir leiden unter Realitätsverlust und Gott hat uns verlassen." „Ist es nicht eher das genaue Gegenteil? Die Realität hat sich uns gezeigt und Gott hat uns erlöst." Andi nahm einen kräftigen Schluck Wein. „Nein, die Realität hat durchgedreht und Gott ist dabei gestorben."

18.

Ich wachte mit einem Kater auf. Wir hatten im Verlauf des vorherigen Abends noch literweise Champagner bestellt. In all der Übereilung hatte ich auch vergessen meine Tabletten zu nehmen, was vielleicht auch gar nicht so schlecht war. Was sollte das alles? Behielt ich überhaupt irgendetwas in mir, von all der vermeintlichen Zerstreuung? Nicht viel, denn ich war mal der, mal der. Andi hatte Recht. Wir waren nicht erlöst, die einzige Erlösung, die es gab war die vom eigenen Ich. Ich erinnerte mich an eine Szene eines lang vergangenen Anstalt-Aufenthalts. Da war eine Ärztin. Sie hatte ein sanftes, weibliches Gesicht, blonde Haare und strahlende grüne Augen. Sie war sehr, sehr hübsch. Ich hatte nie viel mit Frauen zu tun gehabt, fast schon wie ein Mönch. Da war also diese Ärztin, ihren Namen hab ich vergessen. Eines Tages, es muss in der ersten Woche meines damaligen Aufenthalts gewesen sein, da hat ein anderer Patient mir aus Jux und Tollerei in die Eier getreten. Das war der Punkt an dem ich durchgedreht bin. Meine Pupillen erweiterten sich, die Zeit verging in Zeitlupe und ich bekam einen Tunnelblick. Meine Fäuste wurden federleicht und ich schlug ihm ins Gesicht, immer und immer wieder. Pfleger und die Ärztin kamen herbeigerannt. Sie zückte die Spritze und stach mir damit in den Arm. Sie sagte mit sanfter, heller Stimme: „Ruhig, ganz ruhig, es geht Ihnen gleich besser." Sie verschwamm mir vor den Augen, aber dieser Gesichtsausdruck, so erhaben über ketzerische Ideen. Diese strahlenden Augen, die sich jeden Anblick von Ekel ersparten, wenn sie es durften. Dieser Ausdruck als wäre sie gütig in ihrer verklärten Hilfe. Glaubte sie's? Ja sie glaubte es. Die Augen fielen zu und ich wachte drei Stunden später auf, als mir dieser vermaledeite Fratz nochmals, mit einem vergnügten Grinsen in die Eier boxte. Im Moment als ich mir all dies ins Gedächtnis rief, griff meine Hand wie von selbst zur Champagnerflasche. Tief durchatmen. Ich beschloss, ab jetzt vernünftiger weiterzumachen. Ich schüttete alle alkoholischen Getränke ins Klo und nahm die Medikamente, die ich gestern ausließ. Dann machte ich Kaffee. Andi schlief noch. Ich schenkte mir eine Tasse Kaffee ein und setzte mich an den Esstisch. Ich schaltete das Radio an. Es lief wie immer Schöne-neue-Welt-Musik „Para-, para-, paradise. Welcome to the new age." Dann kam Werbung. „Haben Sie Probleme beim Aufstehen? Vergessen Sie Termine einzuhalten? Oder wollen einfach nur mehr Ordnung in Ihr Leben bringen? Dann holen Sie sich jetzt: ‚Den Pawlock! Er liegt einfach wie ein Armband an Ihrem Handgelenk! Stellen sie die Zeit ein und der Pawlock versetzt Ihnen einen leichten Stromschlag wann immer es sein muss. Damit Sie dynamisch und munter bleiben und in Arbeit und Alltag die Struktur behalten, die wir alle so lieben. Der Pawlock! – Jetzt auch die Pawlock-App runterladen für Ihre persönlichen Pawlock-Einstellungen.'" Ich schaltete das Radio wieder ab, es gab nichts Neues zu hören. Andi kam verschlafen und geblendet zum Esstisch. „Musstest du unbedingt das Radio einschalten?" „Ich dachte mir, dass es sowieso höchste Zeit war aufzustehen." Er schenkte sich Kaffee ein, und leerte diesen in einem Zug. „Ich will weg aus diesem verfluchten Hotel, ich hab genug von der ganzen scheiß Party." „Du sagst es. Was kommt also als Nächstes?" „Ich muss nach Hause, und brauche Zeit und Ruhe zum Denken. Wäre auch nicht schlecht, wenn du mir meinen Anteil gibst, den du mir geben wolltest." „Nenn mir eine Zahl." „Eine Million reicht mir. Du warst es ja, der diesen ganzen Wahnsinn allen Ernstes geglaubt hat und das Ergebnis spricht für sich: ‚Du hast gewonnen.'" „Du bist ein wahrer Freund. Ich gebe dir 7 Millionen." „Wenn du meinst. Ich muss hier raus und zwar sofort. Man sieht sich." „Du willst jetzt ganz einfach gehen und mich hier allein lassen?" „Ja, wundert dich das?" Es war bedauerlich, aber ich konnte ihn nur zu gut verstehen. „Nein. Ist in Ordnung. Wir sehen uns doch bald wieder, oder?" „Ja. Und bevor du auf die Idee kommst dich hier alleine zu besaufen, kauf dir lieber Gras." Und mit diesen Worten nahm er seine Tasche und verschwand. So saß ich nun da, mitten in der Großstadt im Vienna Falcon, einen Haufen Geld auf dem Konto und der ernsthaften Annahme gleich aus einem Traum zu erwachen. Hinter mir die Sintflut, um mich herum nichts aber auch rein gar nichts. Ich fand es traurig.

novum VERLAG FÜR NEUAUTOREN

Der Verlag

„ *Wer aufhört besser zu werden, hat aufgehört gut zu sein!*

Basierend auf diesem Motto ist es dem novum Verlag ein Anliegen neue Manuskripte aufzuspüren, zu veröffentlichen und deren Autoren langfristig zu fördern. Mittlerweile gilt der 1997 gegründete und mehrfach prämierte Verlag als Spezialist für Neuautoren in Deutschland, Österreich und der Schweiz.

Für jedes neue Manuskript wird innerhalb weniger Wochen eine kostenfreie, unverbindliche Lektorats-Prüfung erstellt.

Weitere Informationen zum Verlag und seinen Büchern finden Sie im Internet unter:

www.novumverlag.com